文學與影像比讀

盧瑋鑾、熊志琴主編

關於「香港文學專題：文學與影像比讀」課程

在香港中文大學中文系任教二十多年，開設的是中國現代文學、創作兩科目。儘管我也用了相當多時間研究香港文學，可卻從沒在系裡開過「香港文學」課。理由只有一個：材料欠缺，研究尚未成熟，還有許多疑問無法解決。

等到2000年，即臨近退休前兩年，我感到好像在教學上欠了一小塊，於是決定開設兩門新科：「香港文學散步」及「香港文學專題：文學與影像比讀」。這兩門課，在一貫重視傳統語文、文學、文獻教學與研究的中文系裡，實在有點「不像樣」。2001年開「香港文學散步」一科，除了依據「遠方傾慕——雙城情結」、「血脈相連——南來君臨」、「本土身世——曚矓尋覓」等大項，細讀作品外，還帶同學外出實地考察，增添現場感受，又到電影資料館觀看有關時代的電影，這種教學方式，在講究傳統的中文系從未用過。2002年開「香港文學專題」，更全取已有影像成品的文學作品，作為研讀對象，這種近似通識教育、文化研究的角度，恐怕也不是傳統中文系教學所選取的。

現在事過境遷，而為「香港文學專題」課程而設的演講紀錄要出版了，我特借此機緣，檢視課程中所得經驗。

我在中文系開設此科，目的在強調對香港現代文學精讀與細察，糾正一般人粗疏的閱讀及觀看習慣，刺激他們「發現問題」，並對問題加以思考詮釋。另一方面，希望能使看慣影像的人，回到文字的細心閱讀，又使看慣文字的人，探索已經無處不在的影像與文字的關係，使他們遊走於二者完全不同的媒介之間，不易向一邊傾斜。於發現問題後，尋根追源，再加解讀詮釋，便有所得的喜悅。

當初沒預計選修這科的人數超過百人，我本來的設計是全班都要通讀設定的作品，包括文字本與電影、電視版本。為了使每位同學都能細讀精看，我把全班分成不同導修小組，選定作品研讀。事前他們精讀作品，細觀影像，然後來跟我討論，再設定可討論的題目，加上各項參考資料，分派給同學，以備全班研討。在研討過程中，文學技巧、配以理論，當然是重點。可是出乎我意料之外，卻是部分同學的「過份」探究入微。我説的「過份」，不含貶意，可能我一向給學生的印象，是極度精細，他們也學著朝這方面用力。例如研讀劉以鬯〈對倒〉的一組，就對長篇、短篇兩個文字本與電視版本詳加比對，甚至細如二者所採用的歌曲有何含意，也在討論之列。又如研讀李碧華的《霸王別姬》的一組，既要比較1985年的簡略版與1992年的修訂版，又要比較羅啟鋭的電視版與陳凱歌的電影版，十分吃力地細意找出異同的原因。其他各組都必然尋出一些文字或影像、鏡頭微妙運用、調度的不同，講出細節與變化。許多地方，連我都沒注意。這樣子的閱讀，不知道會不會令他們視野狹窄，或過份解讀。由於我沒再開課的機會，故無法求證。

在他們全數研讀過後，我相信許多問題還需找尋解答。請與問題有關人士來解說或交流，效果一定更理想。於是，我安排了一系列講座，邀請了演者、作者、導演者到學校來，環繞研讀的作品，給同學演講及解答問題。這種演者作者導演者與作品間的互通解析，對同學的學習過程來說，既解惑，也深化，在講堂上，是難得一見的互動與撞擊。劉以鬯先生認為最好跟同學面談而非演講，故形式有些不同。

張國榮先生、伍淑賢小姐、許鞍華小姐、劉以鬯先生，在演講或回答同學問題時，都樂意坦率表達自己的看法，這種回應與交流，對學生來說，實在十分寶貴。他們的出席，讓我們有如此的學習機會，令整個課程獲得圓滿結果，而他們也答允把演講紀錄的文字版本讓我們出版，在此，我誠意一一向他們道謝。

盧瑋鑾

2002．12．08初稿
2007．01．30修訂

附記

正當我開始請同學整理各講者的講稿的當兒，噩耗傳來，張國榮先生突然去世，這次演講紀錄，成為他的絕唱。校稿時細味他的講話，當日他的一言一動，宛然在耳在目。沒想到，他的一念間，身軀一躍，遂寫下不可磨滅的悲情。香港損失了一位認真、出色的演藝家，校畢全稿，我不禁掩卷淒然。

「目錄」

「文學與影像比讀」講座之一 張國榮 10

◎ 如何演繹李碧華小說中的人物 12

「文學與影像比讀」講座之二 伍淑賢 30

◎ 從影像到文字 32

「文學與影像比讀」講座之三 許鞍華 72

◎ 改編與懷舊——由《傾城之戀》談起 74

「文學與影像比讀」訪問　劉以鬯 120
◎ 與劉以鬯談《酒徒》及《對倒》 122

後記　熊志琴 157

附錄 158

「文學與影像比讀」講座之一

張國榮

如何演繹李碧華小說中的人物

日期：2002年2月22日

時間：13:30-15:30

筆記整理：陳露明、黃燕萍

校訂：盧瑋鑾

（是次講座應講者要求，不作錄影及錄音，此紀錄乃綜合同學筆記整理而成。）

引子

張國榮早於1980年就曾在李碧華編劇的香港電台電視劇〈我家的女人〉中，飾演景生一角；後來又在兩部改編自李碧華小説的電影《胭脂扣》(1988年) 及《霸王別姬》(1993年) 中飾演十二少及程蝶衣。張國榮的聲色演技，令人印象難忘。

是次講座以十二少和程蝶衣兩個人物為重心，張國榮從演員和讀者的角度出發，與同學分享他對這兩個人物以至對《胭脂扣》和《霸王別姬》的理解，以及戲裡戲外的演繹心聲。

開篇

我跟李碧華是好朋友，主演過幾部碧華的作品，都是好戲!

第一套是《我家的女人》[1]，但由於當時此類題材並未流行，而內裡有關中港兩地的意涵也沒有引起太大的迴響。

在我眼中，碧華的作品是成功的，有美而壯烈的內在，故事往往能抓住人生最光輝、最燦爛的剎那加以發揮。而我欣賞碧華小說中那種坦蕩蕩的、毫無保留的風格。

[1]《我家的女人》乃香港電台「歲月河山」系列單元劇之一，1980年推出。由李碧華編劇，黃敬強執導，張敏儀監製。該劇榮獲「十六屆芝加哥國際電影節」金獎及「第一屆英聯邦電影電視節」銀獎。

在《胭脂扣》中，我如何演繹十二少這個角色？

《胭脂扣》中十二少的角色最初選角是鄭少秋，後鄭因沈殿霞(按：鄭少秋前妻)懷孕而辭演，故由我接手。

最初接到《胭脂扣》的劇本，我的戲份只有三頁紙，對白的總數不過是十多句而已，工作量只有十天左右。

事實上，在《胭脂扣》原著中，十二少這角色的重要性遠遠不及如花，但我接手此戲，到往試造型——一襲長衫，如此風度翩翩，直教人覺得，這角色根本是為我度身訂造的。碧華為我的魅力所打動，於是特別為我增寫戲份，而導演關錦鵬也把我的拍攝期增至二十多天，電影最後以兩個不同年代的雙線形式發展。

這也許説明了，我是一個有魅力的演員，對一個作者而言，或從商業的角度而言，我對觀眾也有著一定的吸引力跟叫座力，這正是市場的基本需求。

基於上述的原因，故在電影版《胭脂扣》，十二少這個角色的著墨遠較原著為濃，因此這套戲更令我獲得「最佳男主角」的提名。

而在我所演過的角色當中，個人最喜歡的是《胭脂扣》

中十二少的角色，當時導演關錦鵬的拍攝很開放，角色情感的表達絕對是義無反顧、毫無保留的，就這點而言，我覺得是關錦鵬導演對我的重視與提升。

對於《胭脂扣》這套戲，有人覺得關錦鵬放大了女性的執著，而我的看法是：碧華的原著故事本如此，人物本如此。

至於十二少這角色，實在是相當複雜也是相當簡單的，他捨得為如花放棄豐厚的身家，但在生死抉擇之時，又表現得極其懦弱無力，乃至逃避。基本上，我覺得十二少是一個「色鬼」，也是一個「無膽鬼」，演這樣的角色是一項挑戰，因為在這個人物身上，充滿了「性」與「愛」的張力！

而李碧華的《胭脂扣》最能吸引人的一點，是她能寫出人物那種醉生夢死和為愛傾盡所有的感覺，又能引領讀者進入她精心經營的情調和氛圍中，使讀者可以不斷follow (跟進) 故事的情節。前些日子小思曾介紹我看一篇李碧華的新作——〈吞噬〉[2]，也是一篇寫得十分出色的作品。所以碧華的作品，對我有很大的吸引力，演繹她筆下的角色前，先就對角色有了好感。

而《胭脂扣》電影版跟文字版的結局是有點差異，這點呈現的是導演跟作者利用影像跟文字兩種媒體表述故事時的不同考慮，但無疑電影版本的戲劇性較濃，這也必要的。

[2] 李碧華：〈吞噬〉，收入《櫻桃青衣》，香港：天地圖書有限公司，2002年，初版，頁197-217。

如花與十二少的愛情糾結是怎樣的？

有人質疑，以《胭脂扣》中十二少所服的鴉片份量，結果是如花死了而他竟能逃過大難而苟活，是否有不合理之處。關於這點，碧華的解釋是「十二少是一名富家子弟，自小豐衣足食，故身體底子較為妓的如花為佳，抵抗力也較強」。而我的意見則是，如果十二少死了，《胭脂扣》便無以為戲了，而且世事無奇不有，本就沒甚麼不可能的。

至於故事中，「殉情」的情節是如花一廂情願的設計毒害，她趁十二少意識模糊之際餵他食鴉片，本質就是「存心欺騙、蓄意謀殺」，但在電影的結局裡，潦倒且生活不堪的十二少，見到如花的鬼魂，竟對著她的身影哭訴「對不起」，這當中是否有矛盾？

但事實上，十二少又何嘗不知如花的用心，歹毒卻也可敬，這個女子為他香消玉殞，苦苦等了他半個世紀的時光，而他實在負擔不起這麼沉重的感情，也不敢跟她同死。因此，十二少要致歉的是他對這個女子真情的辜負。這跟如花蓄意謀殺他是兩回事，因為到底如花是死了，而他卻活了下來!

關於電影《胭脂扣》的結局，剛才這位同學說不解如花既然見到年老而又活得潦倒的十二少時便對他死了心，為何仍要把胭脂匣還給他？

你是否還沒戀愛過，所以才有這個問題。一個未曾真正戀愛過的人，在感情上還是一個小孩，他不會知道愛情會令人何等的刻骨銘心，也不會明白戀愛裡的人有時會出現那種既複雜又矛盾的心情。愛情絕不是A+B=C這麼簡單的事。好像如花，她最後把胭脂匣還給十二少，是想當面與他來個了斷，感情上是決絕的。胭脂匣是十二少給如花的訂情信物，把如此重要的東西歸還，表示一切完全結束，如花那多年來的苦苦等待，終於可以真正劃上句號。

《霸王別姬》的結局處理

《霸王別姬》這電影的結局很弔詭，較之原著的結局相差甚多——原著是另一個「虞姬」菊仙死了，霸王段小樓「渡江」南臨香港，數十年後重遇年邁的蝶衣，洗盡鉛華的二人在澡堂裡肉帛相見，只是他們都老了，一切曖昧的、似是而非的情感都淡了！

至於電影，則大刀闊斧地刪了南來香港這一筆，只交代飾演「虞姬」的程蝶衣在台上自刎，而「霸王」段小樓喊了一句這個「女子」在現實生活裡的小名，而後臉上浮現一抹充滿懸疑的笑，一切就此打住。

其實電影這個結局是我跟張豐毅二人構思出來的，因為我跟他經歷了電影前部分的製作跟演繹，都有感在大時代的浪濤中，電影是難以安排霸王「渡江」南來的！畢竟，「文化大革命」這部分是很沉重的戲，經歷了這段，實無必要好像小説那樣再安排他們年老的重逢，這會令「戲味」淡了。結局他倆只要憑著彼此昔日的感情和感覺憶起對方，輕輕帶過就可以。

兩個主角之間的關係

我與張豐毅一直著眼於兩個角色之間的感情發展，尤其是蝶衣對師哥感情的變化：由起初蝶衣對師哥的傾慕；至中段師哥愛上菊仙，蝶衣仍固執地愛戀著師哥；到尾段，蝶衣年華老去，不復當年，然而與此同去的，還有他與師哥的一段感情。所以蝶衣的死，總括而言有三個原因：一是虞姬個性執著，要死在霸王面前。故事中，蝶衣其實就是虞姬，虞姬也就是蝶衣，二人的命運是互相影疊。「霸王」既已無用武之地，與霸王演對手戲的「她」——虞姬，是再也不能苟延其情的了，故死也要死在霸王面前。第二、蝶衣想以自殺來完成原著故事的情節。蝶衣是一個有夢想的人，他喜愛舞台上那種熱烈生動的演出，也只有舞台上與師哥合演「霸王別姬」時，他才能遂其心願與師哥成為真正的一對。舞台是蝶衣實現其夢想的地方。所以當蝶衣發覺在現實生活裡，他與師哥沒有了以往那種親密的感覺時，他寧可選擇以虞姬的角色來結束他的生命，做一場真正的「霸王別姬」。第三、年華老去，不能接受，蝶衣選擇自殺，因為他是曾經那麼芳華絕代而又顛倒眾生過。由此可見，主角二人的感情根本無法走出「霸王別姬」這個典故的宿命，所以電影的結局讓它回歸原來的典故，是最合理和最具戲劇性的處理！

而且以程蝶衣的性情，她是怎麼也無法接受這樣的愛情，霸王已無用武之地，要在她鉛華盡洗之際苟延情感，是難堪的局面。現實生活裡，程蝶衣是個放縱的人，卻也因此，「她」不能接受現實走到惡劣之境。

再者，在我們理解中的「別 (虞) 姬」程蝶衣，是一個有夢想的「女子」，她嚮往舞台上那種熱烈生動的演繹，也只有在舞台上，「她」才有最真實的生命。所以，讓她死在舞台上，是最合理，也是最具戲劇性的處理！

小説版的《霸王別姬》，李碧華在同性戀這一主題上的表述和態度是比較明顯、寬容和自然的。然而陳凱歌改編的電影《霸王別姬》，卻充滿了極端的「恐同意識」，扭曲了同性戀獨立自主的選擇意向。

同性戀的話題演繹

或許我的確是顛覆了《霸王別姬》這套電影的演繹！在同性戀這方面而言，就內在題材表述，我認為導演陳凱歌的取鏡很壓抑，過份壓抑，無可否認，國內對這類題材的處理較敏感，陳凱歌有其苦衷，是基於避忌吧！這是可以理解的，因為陳凱歌有許多因素需要考慮，加上他個人的成長背景，所以電影會有這樣的表現。

此外，影片能否賣掉或公映都是影響陳怎樣拍片的重要因素。很多人知道國內的政治審查很嚴，導致很多電影不能在國內上映。《霸王別姬》的題材敏感，故也納入被禁之列。就算這部片後來在康城獲得金棕櫚獎，又在台灣獲得金馬獎，中國大陸仍在禁映。然而，只要看看京劇發展流程裡的特殊狀況，就會發現台上的夫妻皆是男人，這造就了男人與男人之間的特殊感情。這是絕對合乎人性的。

然而陳凱歌在電影裡一直不想清楚表明兩個男人之間的感情，而借鞏俐（按：飾演菊仙）來平衡故事裡同性關係的情節，這便提升了鞏俐在電影裡的地位。所以，作為一個演員，我只有盡力做好自己的本份，演好程蝶衣的角色，把他對同性那份義無反顧的堅持，藉著適當的眼神和動作，傳遞給觀眾。而某程度上還是要注意怎樣平衡導演對同性愛取材的避忌。

張豐毅在同性戀演繹的表現上，他也很避忌。例如電影有一場摟腰戲，張豐毅抱著我的腰時，卻緊張得全身在發抖！

個人而言，我接拍一個角色，一定會事先挑選好，也做好了心理準備，在拍攝時因而有最投入的演繹。其實，早些年香港電台已要開拍電視版的《霸王別姬》，他們邀請我飾演程蝶衣，我考慮了很久，終於還是推辭了。

多年後我接拍《霸王別姬》這部電影，便可以完全把自己放開了，我以為一個演員應該義無反顧，為自己所演繹的角色創造生命，如此演員方可穿梭於不同的生命，亦讓角色真實而鮮明地活起來。

但在拍攝過程中，作為一個演員，我的演繹必得平衡導演對同性戀取材的避忌，而我只能盡自己的能力做到最好。

我以為，如果《霸王別姬》的電影能忠於原著，把當中同性戀的戲作更多的發揮著墨，這套電影於同類題材電影而言，地位必定較我後來接拍的《春光乍洩》為高。

而在我演繹的過程中，基本不受原著的局限，我以為演員應有開放的胸襟，而電影亦可以是獨立於文字的，是一個開放的空間，演員可以透過全新的演繹給予角色另一番生命!

結篇

講座期間，同學一連串問題都圍繞著張國榮與李碧華的合作。首先，有同學問張國榮在電影《胭脂扣》和《霸王別姬》裡的演出，有否受到李碧華小說原著的限制。而他與李碧華如此相熟，會否反而局限了大家的合作？此外，他還有哪部李碧華的作品想拍？

前兩條問題，張國榮同樣回答沒有。他說李碧華寫書有時候也是為了他。至於他在電影裡的演繹，基本上是不會受原著的限制。他認為電影可以相對文字而獨立，是一個開放的空間，演員應有開放的胸襟，且要不斷開放自己，更新自己的演繹然後給予角色另一番新的生命。

此外，張國榮表示很喜歡李碧華的另一部作品《青蛇》，可以的話他想演許仙的角色，至於白蛇、青蛇和法海幾個重要的角色應該找誰來演，張國榮認為Do Do（按：鄭裕玲）、鞏俐和周潤發都是很合適的人選。另外，張國榮又認為李碧華的作品一向都沒有絕對的是非對錯的判斷。就如「同性戀」這種敏感的題材，她也處理得十分「人性」。張國榮表示有機會的話他想把李碧華小說裡最精彩的地方拍出來。

而他下一次最想做的就是當一個導演，這是他很久以來的一個心願。

另外，同學亦問及張國榮在電影內外的閱讀經驗。作為一個演員，當他閱讀李碧華那兩部小説時，會否因為自己要演繹其中某個角色，而不能以一個普通讀者的心來閱讀和欣賞作品，影響他對小説的理解？

張國榮回答説不會。他説不管甚麼原因，閱讀於他首先是一種享受，他會盡情投入其中，然後很快便會被書中描述的事物吸引著。然後張國榮舉出他閱讀《紅樓夢》的經驗為例子，指出書中有許多細緻的描寫都十分引人入勝。此外，同一部的作品，要是在不同的階段閱讀，所得的體驗都會不同。

只是作為一個演員，閱讀時很容易便會把小説的文字影像化，這或許是演員的毛病。而文字與影像是兩種不同的媒體，兩者固然存在分別。電影主要藉光和影向觀眾傳遞訊息，因而沒有書中描述的那股味道。所以由文字轉化到影像的過程中，往往會有一種「味」的失卻，是文字所獨有的味道。

最後，同學希望張國榮可以分享一下他對中國人這個民族身份的看法和感受。

對此，張國榮對許多人一提到「文化大革命」便立即對中國過去的歷史感到不滿，他過去也不例外，而且對中國絲毫沒有半點好感，所以到了三十三歲才第一次踏足中國北京，那還是因為工作的需要才回去，後來是電影改變了他對中國的態度。張國榮説他是客家人，祖輩在鄉下的家世相當顯赫，卻因此在「文化大革命」期間受到批鬥，他爺爺就是被迫跪玻璃流血致死。張國榮表示這一直令他很怕中國，而且對她存在很大的戒心。

但後來因為要到國內拍戲，他於是有機會認識到中國河山的秀麗壯闊，竟有如此動人氣魄，從那時起他開始意識到，作為一個中國人原是有其值得驕傲的地方。所以「文化大革命」對中國造成的破壞和影響，絕對是無可否認和無法估計的，然而，人們亦不能單就「文革」一事來評看整個中國。

伍淑賢

「文學與影像比讀」講座之二

從影像到文字

日期： 2002年2月25日
時間： 14:30-16:00
錄音整理： 溫翠霞
校訂： 熊志琴

引子

伍淑賢九十年代初在《素葉文學》發表了三篇以〈父親〉為題的小説，作品多次被收入不同的小説選中，香港電台電視部2000年製作的「寫意空間」，其中一輯「父親」即改編自伍淑賢的同名作品。

伍淑賢在講座中闡述了〈父親〉的思考與創作過程，並以作者的眼光比對文字與改編影像間的種種落差。是次講座邀得香港中文大學翻譯研究中心主任孔慧怡博士介紹講者，謹此鳴謝。

孔：孔慧怡、伍：伍淑賢、問：同學提問

開篇

孔[1]：我十分欣賞伍淑賢的作品，我編輯香港文學小說集時也收入了她的作品[2]，我想這就是盧老師今天邀請我來介紹伍淑賢的原因。我無法推辭這工作，而且還很感謝盧老師給我這機會跟合作過卻從未碰面的伍淑賢見面——這是香港寫作界中常見的情況，就如我雖然翻譯過很多西西的作品，卻甚少與她見面，即使電話也不多談，編者與作者之間必須有強烈的互相信任才可以合作。這次很感謝盧老師，讓我有機會向伍淑賢表達我對她的欣賞。我除了作為讀者十分欣賞她的作品外，我又是一個嘗試創作的人，更特別佩服她對創作的堅持。香港很少作家能全職寫作，他們只能像擠牙膏般擠一點時間創作。伍淑賢身在商界卻能夠保持強烈的創作慾和能力，這是相當困難的，而且伍淑賢的作品非常踏實、不花巧，平實地說出一些值得大家紀念的人和事，這在今天講求賣弄花巧的年代，尤其難得。

今天請得伍淑賢現身說法，分享她對文字創作轉化為影像的看法和經驗，這實在是大家的福氣，希望大家不要錯過機會，多向伍淑賢請教。

現在請伍淑賢小姐開始演講。

伍：謝謝！大家好！剛才Eva（按：即孔慧怡小姐）提到我是作家，實在不敢當，因為我的作品實在太少了。因為要出席今天的講座，這幾天特別重看〈父親〉三篇文章[3]，赫然「發現」創作〈父親〉的時候是1993年，距今已經差不多十年了，很慚愧這十年來沒有寫下甚麼重要作品。今天很榮幸來到這裡跟大家分享，我雖已準備了一些內容，但知道大家都已經看過我的作品，也有過一些討論，這樣與其由我滔滔不絕地講半小時，不如讓我們先由問題開始，再進入話題吧！大家有甚麼問題，例如寫作過程、文字與影像之間的關係等，可以先提出來。

[1] 孔慧怡博士為香港中文大學翻譯研究中心主任及編輯。

[2] Virginia NG Suk Yin, "Father", by translated by Duncan Hewitt, *Hong Kong stories: old themes new voices*, edited by Eva Hung, Hong Kong: The Research Centre for Translation, The Chinese University of Hong Kong, c1999.

[3] 伍淑賢：〈父親之一〉，《素葉文學》，1992年11月，第39期（復刊第14期），頁2-4；伍淑賢：〈父親之二〉，《素葉文學》，1993年2月，第42期（復刊第17期），頁12-15；伍淑賢：〈父親之三〉，《素葉文學》，1993年4月，第44期（復刊第19期），頁14-16；香港電台電視部2000年製作的「寫意空間」，其中一輯即為「父親」，由鄭惠芳監製，馮家鍵編導，主要演員包括林尚武、劉錫賢、姚月明、趙月明、黃美棋等。

時間運用

問：我們讀了〈父親〉，發覺文本中不斷出現時間標記，請問這是不是刻意的安排？我們印象最深的場景是從家裡到茶餐廳的一段路，當中提到「路邊的垃圾箱曬了十幾小時」，我們覺得這是刻意突出時間，藉此交代背景。但作品轉成影像後，也許因為拍攝手法的關係，這特點在影像中便沒有出現。作品中的「時間運用」是不是經過刻意安排？

伍：「時間運用」的意思是指一天中有很多不同的時點？

問：是的，例如十點去找檯搭子、十點半搓麻將等等，都運用了很多時間標記。

伍：時間的標記是為了敘事方便，因為故事本身的情節較單薄……先不談影像，只談文字的部分。我在寫這個故事之前，想到若要交代人物關係便必須先有事件，否則無從說起。最重要的應該是星期五，即颱風前夕至星期六的一段，講父親上午上班，下午做「外圍馬」賬目工作。這兩天在敘事上來說，時間的交代很重要，讓讀者知道人物在做甚麼，所以你說的對，而且觀察很好，作品在時間交代方面是頗為細緻的。

至於你提到垃圾桶的那一節，其實「時間」並不很重要，我倒覺得冒煙那image（影像）有趣。這裡帶出了另外一點——我也是十年後重看才發現這許多細節。我在寫這故事的時候，一邊寫一邊心情很興奮，不是因為人物而興奮，而是因為在寫作時想起一些很detailed（細微）的image，這些都是我在童年生活中見過的，所以寫作的時候非常快樂，就像掘出以前的寶藏一樣，很久不見，很多東西都想放進故事裡。但現在從讀者的角度看來，作品中的細節可能太多了，太多意象，如果我是普通讀者便可能吃不消。當然寫的時候很高興，只管將所有東西都塞進故事裡。

社會轉變很快，想寫下一點東西。

我昨晚也想過怎樣跟你們談這問題。記得我給盧老師的題目是「從影像到文字」，我於是反省自己在創作這篇小説或其他故事時的思考過程。以〈父親〉作為例子，我為何會想到這題目呢？十年前某天，我突然想到社會轉變很快，我們成長時的那種感覺和情調在九十年代初幾乎已經蕩然無存了。這可能因為我已經離開了那社會階層，不再住在屋邨了，但我也相信現在的屋邨不會再有以前那種人際關係。在香港，亞洲這些所謂developed countries（已發展國家），發展這樣快速，如果我有能力，我也希望留下一些回憶，因為我將來老了便可能忘記。記得當時前美國總統列根患上柏金遜症，這很可怕，總統的人生中經歷過許多轟烈的事，但大部分卻忘記了，甚至連自己的太太也不認得。這給我很大動力想寫下一些東西，是創作動機。

隨後我想，我很掛念父親。我的父母很早逝世，我跟母親的關係較疏離，但跟父親很close（親密）。我父親的故事其實很平凡，像很多人一樣，普通的白領、文員。以前普遍有很多兒女，他便要養大他們，人生的所謂prime（黃金時間），最美好的幾十年都消磨於養兒育女之中。當時我覺得欠了父親很多，想寫一點東西。

水果要等到成熟的時候採摘才有意思

有這樣的想法以後便開始構思寫些甚麼，開始搜集一些畫面或images，這是最快樂的stage (階段)。這是我自己的方法，不知道其他作家怎樣。那幾天腦海中不停浮現很多畫面，現在回想起來，最初觸動我下筆的畫面是在露台看到一片紅天的黃昏景象。以前我們住在屋邨，每家也有露台，環境也不錯呢！外面是很大的一片天，因為翌日刮颱風，天空便一片通紅。這景象幾十年來我都沒有忘記，我就以此作一個開始的image。許多畫面都不是想好了才寫進去的，而是一邊寫一邊跑出來的。像剛才同學提到的垃圾桶一幕，可能不是我小時候想到或看過的，而是長大以後，在這幾十年中發生的事somehow (不經不覺) 到了一個point (時刻)，覺得這是一個很適合的picture (畫面) 便放進去。

搜集畫面完畢便開始考慮敘事觀點，即是由誰的眼睛去看這個故事，相信這是很多寫作人最難過的一關。大家寫作或是拍電影、拍錄像的時候，都會考慮從誰的視點出發。如果將〈父親〉這個故事交給大家重寫，每個人都會選擇不同的觀點，可以選現在故事中的小孩子，或者選小貞、自己的父親或是別人的父親等等。我的感覺是第一人稱很難寫，即是説如果我要寫父親便從父親的角度來寫，這我是沒辦法勝任的，困難太大了，所以我通常都放棄這approach（方法）。我喜歡選擇一些處於邊緣的人物觀點，即是一些隔了一層、旁觀的人，從他們的觀點出發，這對我而言較容易處理。太接近中心的時候很難冷靜，如果我用了小貞或小貞母親的觀點，距離便太近，不夠distance（距離）處理許多東西，於是我選擇了住在小貞對面的family（家庭）的一個孩子去説這個故事，這樣我便有足夠的距離和層次處理問題。再者，我覺得用小孩子的眼光去看，我的treatment（處理）也較容易。我喜歡一些heavy（沉重）的subject matter（題材），但很怕用heavy的tone（調子）去説。即使寫一個很傷感、很沉重的故事，也不一定要用傷感、沉重的筆調。我喜歡用相反的方法，當我寫一個傷感、沉重的故事時，我會用比較輕鬆、有趣甚至惹笑的方法處理，這樣的組合有更大的空間可以發揮。

然後我便開始鋪排人物，例如構思「我」是主角對面家庭的兒子，「我」家裡有甚麼人，而「我」對面的家庭，即主角家裡又有甚麼人，他們之間的組合是怎麼樣的等等。一切準備就緒之後，就找一天靜靜的坐下來，寫出整個故事。現在我也想不起是先寫哪一篇了，好像是先寫到工展會那篇的（按：即第一篇），不知道大家有沒有看過？我覺得那一篇是很好玩的，因為它的結局很有趣，倒是關於搓麻雀這一篇（按：即第三篇）……哦，我忘了説一件事，就是我從小就很fascinated by（著迷於）屋邨打牌這一個現象。不知道大家有沒有這種經驗，我們小時候居住的環境大多是很嘈吵的，麻雀聲是當時很dominate（霸道）的noise（噪音）。如果大家有機會看外國一些描述童年的電影，便會發現這些電影中必定有某些特別的感覺，而屬於香港的感覺是很嘈吵的，就像那些麻雀聲，這很有趣，我覺得這是不可放棄的元素。我會搓麻雀但並不擅長，但這實在是一個很好的unified theme（普遍主題）。大家寫作如果遇到無法組合的事物，可以嘗試找一根線去串連不同的珠子。搓麻雀既有畫面又有聲音，每一次都是四個人走在一起，就是這樣的一根線，非常方便敘事。加上當時我是很喜歡阿城的，他是《孩子王》的作者，現在已到了意大利。他的〈棋王〉提到下棋，他説自己其實是不會下棋的，所以一談及下棋的具體情況就寫不下去，但重要的point是下棋這件事能夠提供一個很好的situation（處境）安插人物，我覺得這些都是寫作上非常好用的

tools（工具）。

實際上寫的過程很快，大概知道了整個strategy（策略）是怎樣發展的時候，all you have to do（你需要做的）就是坐下來將故事寫出來。整個過程就是這麼完成，其實也只是幾天之間的事，當然那幾天是甚麼也做不成的，上班的時候腦袋也只想著這件事。我想寫短篇的好處就是不需要長年累月不停地寫，我不會寫長篇，因為我覺得長篇或中篇對個人感情的drain（消耗）是很大的，可能三個月裡都要live with（共處）這件事，寫短篇則大約只需十天就可以完成。同時，你必須處於一個適合的感情狀態才能寫，例如處於「文革」時期便不能寫「文革」題材，這是一定寫不成的，因為處於當下有很大的偏見，感情也太激動。將來大家如果要寫愛情小説的話，就最好在失戀之後才寫，不要在談戀愛時寫，因為當時你根本不知道自己在做甚麼，必須有距離才可以處理。還有就是需要對那個subject matter開始覺得輕鬆、能放下時才寫，例如我寫父親時可以很輕鬆，但如果早一點時候，每次説起他我便會很激動，那時候的我是無法寫的。這就像水果要等到成熟的時候採摘才有意思，否則只會浪費了那題材。基本上我的寫作過程是這樣了。

沒有真實的人物，但人物的某些特質是真實的。

問：剛才聽伍小姐的一番話，說文章裏加插了很多童年經歷和一些親身感受，另一方面也提到組織這篇文章時花了很多心思和技巧，例如怎樣串連事物或怎樣考慮敘事角度等。最初我看這篇文章時，以為屋邨裡的所有經歷都是伍女士的親身經驗，但剛才聽完你的話又好像不是。我很有興趣知道文章裡哪一段是你特別難忘的親身經歷？你小時候真的曾經有一位很像繆先生的鄰居？

伍：真正的人物是沒有的，但故事裡人物的某些特質是真實的，例如我父親真的有嚴重哮喘，上樓梯時很辛苦，這是真的，不過他整個人不是這樣。另外有很多segments（片段）都是真的，例如我真的很喜歡看《老夫子》等等。小說寫的某程度上是我當年的生活，但我不像左派作家般要從反映現實的角度出發，我只是想要記錄一些感情，並且在一個自己熟悉的環境中去表達而已，所以大家不要以為我是左派作家，要反映低下層社會的生活，完全不是那麼一回事。我對這種生活也沒甚麼興趣，反而希望多寫點關於中產階級的東西，大家將來也不一定要寫屋邨題材，我就從來沒想過寫屋邨的故事，只是覺得那一種感情很值得留下來。話說回來，故事發生的地點也可以在太古城或山頂，不過故事內容便會截然不同了，所以大家不要被表面的東西局限自己創作。

從文字到影像 再回到文字

問：請問這篇文章改編成影像的時候，你有沒有提供意見呢？還是完全交給負責影像的人去處理？

伍：編導是Brian，我忘記了他的中文名字，拍攝之前他跟我談過一下，問的大都是你們提出的問題，例如這處想表達甚麼、為甚麼這樣寫、人物性格怎樣等等，之後便沒有再談了。我覺得作者很難影響影像工作者，很多情況是無法拍出來的，譬如內心感覺。兩者是完全不同的媒體，我覺得這樣不干預比較好。

問：影片中那一幕繆先生哮喘發作令我印象很深，裡面很詳細地描述繆先生患了哮喘的情況，那應是取自〈父親〉之一的片段……

伍：對呀，我也是昨晚重看時才發覺的。

問：但整齣影片的拍攝底本是〈父親〉之三的故事啊，編導為甚麼刻意加插這一段呢？是不是你提供的意見？

伍：這點他沒有問我的意見，但我覺得他這樣處理也不錯。文本〈父親〉寫搓麻雀的一篇

(按：即第三篇) 很少提到父親，但影片仍能夠拍出父親的種種，這已經很了不起了。昨晚我重看錄影帶，覺得將文字改編成影像真的是一件很困難的工作，我作為作者，會有先入為主的觀念，所以更加難作評論。我也盡量嘗試以普通觀眾的角度去看這故事，如果要我以普通觀眾的身份去看這個video (影片)，base on (建基於) 它重寫一遍，那便會寫出一個完全不同的故事。因為我覺得video裡最有趣的是那段孩子間的感情，那個男孩子好像喜歡小貞，我可能會寫了一個愛情故事出來也説不定，反而父親的部分現在看似愈來愈遠，我甚至可能會放棄這人物，因為video裡面這個人物不大有趣，最有趣是敘事者與小貞之間一段若有若無的感情。如果這樣寫就會像台灣的《童年往事》了，就是侯孝賢那一類，這跟我想portray (描寫) 一個很熱鬧的環境裡一些很落寞的人的原意非常不同。從一個媒體lead (引導) 到另一個媒體再回到這一個媒體，已經不是同一回事了，不像傳球，你傳給我，然後我傳給你，事實是根本沒有球的存在，而是media (媒體) 製作了完全不一樣的東西出來。這蠻有趣的，我也很樂意去寫這個題材。

每一個群體都會出現這兩類人或這兩種存在狀態

問：你對這兩個家庭有甚麼看法呢？我對小康爸爸與繆先生兩個家庭有這樣的理解，雖然我想那很可能是錯的，但還是想向你請教一下。我嘗試從《老夫子》一段切入，裡面說「我」特別喜歡看《老夫子》的〈水虎傳〉連載漫畫，我覺得這隱含了「逼上梁山」的意思。即是說，小康爸爸在家裡開麻雀館、繆先生做外圍馬數和搓麻雀，都是為生活所逼。我是否理解錯了？

伍：也不可以說是對是錯，你可以有自己的演繹，我倒沒有想過「逼上梁山」這一點，雖然〈水虎傳〉的確很惹笑。至於兩家人的關係，我寫的時候也沒有特別細想，只是覺得這樣寫很方便。因為像屋邨是open community（開放的社區），自然有兩種不同的人出現。一種是很開朗的人，就像小康的爸爸，充滿生命力、經常嘻嘻哈哈、搓麻雀唱卡拉OK、很吵的。這些人的兒女都比較開朗，一般都很胖或者是大塊頭，種的植物也特別漂亮，不知何故的。另一種人就是繆先生這一類，生命力好像比較弱，很瘦小，性格較悲觀，也容易生病，兒女通常也會像他們一樣，也是不知何故的。我覺得在每一個群體都會出現這兩類的人或是這兩種存在狀態，我很想寫出像小康一家那種很jolly（愉快）、經常都很快樂、很有生命力的感覺。大家再看影片時，會發現裡面加了一些文章裡沒有的東西，例如劇中那個胖子，即是小康的爸爸，他在劇中對繆先生是很好的。這在我的小説裡沒有提到，相信這是改編者的自我演繹，也是一種不錯的筆調。

至於你剛才提到被生活「逼上梁山」，我從來沒想過。小康一家人也未必fulltime（全職）開麻雀館的，他們本身也有工作，只是in the way（在這範疇）他們喜歡作一個leader（領袖）的角色，讓大家都來到他們家一起享受愉快的生活，這也是他們領導才能的表現，不過是用搓麻雀的方式表達罷了。

小說版本與影像版本的比較

問：請問你在影像與小說之間，有沒有一些東西你在小說裡很想帶出，但影片卻沒有表達出來？另一方面，影片又有沒有說了一些你本來沒有想到的東西？此外，還想請問你比較喜歡小說版本還是影像版本？

伍：我想影片與我所想像的最大分別是聲音的處理，影像太靜了，不夠嘈吵。我本來希望像周星馳電影一般，從頭到尾都是吵個不停的，這樣感覺比較熱鬧一點。但吵之中必須有一些比較寧靜、抒情的時刻，例如是描述那片橙色的天空一段，或是有一幕說小康半夜醒來，瞥見對面屋繆先生抱著小女兒一段。影像出來的感覺跟原著有點不一樣，我希望這類寧靜的畫面可以elaborate（闡述）多一點或是長一點。

影像中也有一些我沒有想到的東西，就是前半部的一段，可能是因為影像要交代屋邨的背景，所以營造了很多屋邨的images出來，例如孩子在足球場上踢球之類，都是我沒有在小說提及的，我也明白那是影像鋪排上的必要。

至於說到比較喜歡哪一個版本，我也答不上。我重看自己的作品時，覺得有好些地方是頗惹笑的，如果現在重寫可能會寫得詳細一點。原來的版本節奏太急了，images太密集，讀者看起來可能會覺得較辛苦，自己覺得有趣，但別人卻未必有同感。如果再寫一次的話，我想可以拉鬆一些，把故事寫長一點，某些情節多點描述，效果會更好。

問：小說的題目本來是寫父親的，其中描寫較多的是康仔爸爸與繆先生。我和幾位同學覺得影像中的父親形象好像比較突出，例如加入了父親哮喘一段，很能顯示繆先生希望自力更生、不想麻煩別人等的性格特徵。又或者是康仔爸爸在影片中是一個大胖子，比較吸引我們注意，所以覺得在影像中父親的形象比較突出。至於描寫感情、體會方面，例如是說繆先生生活艱苦，我們卻覺得文字的表現較強烈。伍小姐有沒有同感呢？

伍：我很同意，你說得很對。我很喜歡影片中選了……那位演員的名字好像是林尚武？我本來就已經很喜歡這位演員，很高興由他擔任主角，但我覺得胖子的角色可以另選，但這也不重要，影片中的ending（結局）倒是可以斟酌。他們已經很努力的拍，但要描述結局一家人吃飯那種場面的話，始終是文字的力量大一點，即是在腦裡畫一個image比在影片中以畫面交代容易。我也不知道怎麼解釋，可能文字在我們腦細胞內有這樣一種力量，而那是image做不到的。

我作為一個作者，一定有點偏見，所以有時我不太願意看改編，例如《半生緣》吧，我們看過《半生緣》的文字已經許多次，再看那電影便很不能適應，腦中也不知道該怎樣演繹那故事，電影看完也不知道是好還是不好了。因為當時腦裡看的並不是電影，而是不停的在比較，這一段文字這樣寫，它會怎麼拍呢？那麼你並不是在看電影，而是在做一個study(研究），這樣很沒意思。這在觀賞方面是很大的問題，大家不妨討論一下。

旁觀者的敘事觀點

問：剛才你說刻意選擇旁觀者的敘事角度，因為用第一人稱寫作較困難，那實際的困難是甚麼呢？

伍：實際上的困難就是，如果你就是那主角的話，可以寫的東西其實很少。怎麼說呢？自己是很主觀的，所以由旁人作為敘事觀點的包容性比較大，可以包容的事情多一點，而且也可以寫得更冷靜。我個人是如此認為，但這當然不是放諸四海皆準的，也有些情況主觀觀點是比較好的，有甚麼例子呢……我倒沒有怎麼寫過第一人稱的故事，我想這是我個人的習慣和喜好吧，不是universal truth(普遍的情況)。你看阿城《棋王》中的〈孩子王〉就用了主觀觀點，他寫自己就是那老師；〈棋王〉卻很明顯不是主觀敘述，而是退了出來，敘事觀點是那個人的朋友，是一個很close的朋友；還有〈樹王〉，我忘記了是不是……也不是主觀敘述，當中樹王才是主角，敘述者是旁人。我想比較少作品以第一身敘述吧？一般來說，旁觀者的敘事觀點在技巧上比較容易handle (處理)，可以讓作者跳出來，不過這也視乎題材而定。你有沒有寫作？是寫作時遇過類似的問題？還是為了做功課而問呢？

問：我也有寫作，我覺得文章中如果經常出現「我」，就好像在寫一些很個人的事，也許就是你所說的會很主觀，所以想知道有沒有一些辦法或技巧，即使用「我」或第一人稱也可以寫同樣的事。

伍：這當然可以，但寫出來的會是另一個故事。

「父親」系列的構想

問：你總共寫了三篇〈父親〉，請問為甚麼會寫三篇呢？因為寫完第一篇後覺得有些話沒有説完，所以繼續寫第二篇、第三篇？還是你找到其他很想寫的生活片段，但又找不到一個聚焦點，於是以上次寫的〈父親〉為本，以父親去match (配合) 其他事，因此發展出第二篇、第三篇？

其實我並沒有讀完三篇〈父親〉，只讀了今次主要討論的第三篇，還有寫小貞隨父親回鄉的一篇 (按：指第二篇)。我比較喜歡後者，因為那篇的想像空間很闊，譬如説小貞偷聽她爸爸與以前妻子所生的兒子談話，他們説的是鄉下話，偷聽了但猜不到他們在説甚麼，我覺得這很有趣。不過，我覺得這篇故事人物太多，反將讀者的注意力分散在其他人身上，譬如那位哥哥，讀者的注意力很容易便轉到他而不是父親身上……就是因為這樣的原因，所以我很想知道接續寫三篇的原因。

伍：我本來是想寫一個series (系列) 的，一直這樣寫下去，可惜後勁不繼，寫了三篇便停了。原本的構想是不錯的，因為我不是寫長篇的人材，沒有能力寫很長的故事，於是我用同一個theme，即是同一個主題不停地寫圍繞父親發生的事。這對我個人來説是很有滿足感的，很多東西都能夠説出來，而且這不需要重新構思一個platform (平台)，可以説是很經濟的做法，哈哈！寫已有的事便不需要重新構思，但如果寫〈母親〉，那便得重新構思了，這很不化算。當時覺得這是不錯的方法，可以一直寫下去，可是寫了三篇之後，因為工作很忙，要不停穿梭各地，所以便停了下來一陣子，後來便pick up (收拾) 不回那種心情去寫了，但最初的動機是想當一個series寫下去的。

至於你説的想像空間與人物眾多的問題，你説的也是事實。寫作的過程中可能有某些事物吸引了你去寫其他東西，所以出現了輕重的問題。我覺得寫父親也不一定要每篇都以父親為主角，可以像一條線般延續下去，由父親這角色牽引出不同故事。

我想你們這一輩的父母已經多數實行一夫一妻制了，但是在我的年代，我爸爸有三位太太，這是fact事實來的。因為戰時許多女人在生小孩時死去，於是男人便再娶。我也是到長大後才知道爸爸原來有很多兒女的。在爸爸的葬禮上，長輩們在説「如果你父親的子女都在的話，不知有多大了。」我不知道他的子女有多少，也不知道他們去哪裡了，可能坐在我旁邊的那個正是呢！這是完全有可能的事，粵語片的情節可是真的。我覺得有趣的是，父母與你那麼close，你的生命由他們而來，但他們有三分二的人生是我完全不知道的。這情形我想你們這輩是不能想像的，因為你們的父母生下你們時可能只有二十多歲，你們長大了，他們也可能只有四十多歲。像我現在這般年紀已經可以生下你們了，你們的parents（父母）是很young（年輕）的人；但我在家中是排行最小的，我出生時父母已經年老，所以距離很遠。我現在已經到了父母生下我時的年紀，我開始明白中年人的那種心態，但我對從前的他們卻一無所知，我唯一能夠掌握的就是文字，所以希望用文字去explore（探索）對他們的感覺，這也是寫〈父親〉的其中一個動機。

寫作其實是很直接的

問：伍小姐，請問你如何在工作中抽空寫作？

伍：我這幾年已經沒有寫作了，但我覺得時間不夠永遠不是藉口，如果你喜歡做一件事，怎也能安排時間去做，譬如你喜歡打球便總會有時間打球。我的做法是先想好一個idea（意念），即是你有一個題材想寫，也覺得這題材可以寫——有很多idea雖然想寫但卻是不可行的，有一些則可以。然後便騰一個weekend（週末）來寫，幾天已經足夠了，不需要長年累月的坐在那兒寫。當然那必須是你精神好的日子，例如星期六、日，醞釀工夫也要在之前做好，坐下來時已經知道自己要寫甚麼。寫的過程其實很快，但思考過程需要大約八至十天。這不是一件很神秘的事，其實是很straight forward（直接）的，就像坐下來做功課一樣。

問：你一般每次寫多少小時？

伍：很難說呢！我想大約兩晚吧！沒有甚麼規律的，有時候寫到中途發覺寫得不好便丟了它。如果之前構思的準備工夫好，一般都能寫完。其實我寫得並不多，不太夠資格去說這些。

文學或創作性作品的吸引之處在於它們能給你不同的觀點

問：伍小姐剛才提到，你這篇文章的敘述者是康仔，因為康仔與主角繆先生有一段距離，你希望用比較淡的感情或表達手法去描寫繆先生的艱苦生活，這點我和幾位同學讀文章時也感受到。你用康仔的眼睛去看繆先生，例如看見他早出晚歸，晚上回來後和小女兒玩耍……如果你有些感情想表達，例如對繆先生的艱苦生活表達同情，便得也從小孩子的想法出發，例如看見繆先生工作到很晚，就會說「他不需要睡覺嗎？」而不是說「他這麼辛苦，真可憐！」。這就是你所說的保持距離和較輕鬆的筆調？

伍：是的，你說的很對，完全掌握了我的用意。我想文學或是創作性作品吸引之處在於它們能給你不同的觀點。現在大家看mass media（大眾傳媒），所有反應都是stereotype（單一化），如凡女人的屍體就是豔屍等，是已經定型的。其實這對大家是不好的，時間久了，你們的腦袋便不靈活，想不到一件事原來可以有十種不同的反應。文學或創作有趣的地方就是，不論作者或讀者都可以從中得到驚喜，這對你們的mind active（腦筋活動）和creative（創意）很重要，將來大家不論從事甚麼工作也需要creative，即使會計工作亦然，因為你需要想不同的solutions (解決方法)。

就我這篇文章來說，「父親」這題材很容易令人感到沉悶，可能你們看見這兩個字已經不想讀下去，以為說的不外乎那些內容，但裡面其實有很多元素是你們原本沒想到的。例如繆先生這種悲慘家庭令人不太想看下去，但是於悲慘當中卻有一些……我覺得第一篇的結局是挺有趣的，繆先生有點狡猾，利用自己的病得到那照片，但其實那是人之常情。我想這樣的結局比不斷說他可憐好，光說他很可憐又有甚麼意思呢？這算是我自娛的方法，也不錯的。

問：伍小姐你剛剛說過，讀者可能看到「父親」這個題目已經覺得沉悶，那麼你為甚麼會以「父親」為題目呢？有沒有考慮過用一些比較有趣或是能夠吸引讀者的題目？

伍：這就是創作跟做生意不同的地方了，做生意是市場主導的，如果顧客說寫「廟街」好看，你就得寫「廟街」，但我寫作不是為了寫給別人看，而是為了寫下一個紀錄，一個感情上的紀錄。沉悶與否對我來說沒關係，因為我不是為了給consumer（消費者）讀，我只是想寫一些自己覺得美好的東西。我也考慮過可不可以用一些較花巧的題目，但又覺得沒有這個需要。就這樣，「父親」這題目也不錯啊！很generic（普遍），每個人對這題目都會有感覺，於是便決定用「父親」。我也挺有興趣寫「母親」的series，我想會很有趣，不過現在還在構思。「父親這個題目我覺得ok，不過如果放在某些報章當然會覺得它沉悶了，因為那是一種商業工具。還有一些題外話，我想有些東西不應該因為它「大路」[4]而不用，「大路」也不一定不好，這就是我剛說過的creative thinking（創意思考）的問題，應該把自己從一些既定模式中抽身出來。

[4] 港式用語，即「一般」、「極普通」的意思。

作者只需要寫你想寫的

問：我有一個問題，文章最末繆先生一家在茶餐廳吃飯一幕提到小貞有哥哥和姐姐，即是說，小貞家裡應該有四個小朋友是不是？

伍：是的，可以這麼說。

問：但是影片裡好像只有兩姊妹，這改動對故事發展有沒有影響？那是不是有意的改動呢？

伍：嗯，如果從較現實的角度來看，影響是有的，兩個孩子的家庭負擔當然比較輕，不過從故事發展方面來看，我覺得影響不大，因為裡面沒有怎麼提到哥哥、姐姐。

問：伍小姐，我有一個問題，那是我們作為讀者很多時候都面對的問題，就是對作者動機的猜想和誤讀。作為作者，你怎樣看讀者誤讀了你的作品、掌握不了你想說的意思呢？以〈父親〉為例，你寫了一些自己對屋邨的回憶或童年的往事，有一些讀者沒有經歷過那種生活，不清楚其中的狀況，因而誤讀了你想表達的意念，你作為作者怎樣處理這些問題？

伍：我覺得不需要處理，這問題永遠都存在，即使寫太古城典型中產階級的生活，讀者也不一定經歷過，二十年之後太古城可能已經消失，中產階級的生活也不同了，這是必然會發生的問題。作者只需要寫你想寫的，做到to the best of your ability (盡力做到最好) 就可以了，至於別人怎麼解讀，那是控制不了的。就如看外國電影，特別是阿根廷、南美的電影，那是一種全新的文化體系，我們完全不知道他們為甚麼會那樣生活；但反過來説，陌生的眼睛看他們的生活自有新的發現，那是阿根廷人完全意想不到的，這就是cross culture (文化交雜) 美麗的地方。如果只讀只寫一些熟悉的生活是很沒意思的，你們也應該多看一些不認識的事物，愈不懂愈要看。

「掌握得到」

問：伍小姐，你剛剛說過寫作的時候會考慮那題材是不是掌握得到，我想請問那「掌握得到」的意思是甚麼呢？掌握到甚麼程度才令你決定寫還是不寫那題材？

伍：這是一個非常有趣的問題。是不是掌握得到其實自己是知道的，只是作者很多時候都會說謊，以為自己掌握得到。所謂掌握得到其實即是說你很confident（有信心），用國語說就是「抓得住」你想說的事，你完全有信心。這並不表示你不可以寫一些沒有經歷過或不熟悉的事，當然寫熟悉的事物會令你信心較大。應該怎樣說呢？掌握得到就是說……倒過來說，我作為讀者，一個普通的reader（讀者），我覺得很多作品之所以不成功，是因為作者對自己的作品不誠實。即是說，他的構思在寫作的過程中已發現不可行，但仍然勉強寫下去，可能是為了交差或其他原因。讀者是很聰明的，他們一看就知道你在寫作過程中不comfortable（舒暢）或不confident。我不知道怎麼解釋，這是一種感覺，就等於你們打球、戲劇比賽等，練習不足就出場便必定會輸，綵排不足而勉強去演，雖然做到，但結果是觀眾沒有反應或不太會拍掌。你會感覺到那件事真的不行，我不知道該怎麼說，很多事其實你是知道的。

問：那麼我想繼續追問，你說的那感覺是在已經下筆、甚至已經寫到某部分才會發現的嗎？

伍：你自己會看到或feel（感覺）到的，有時候寫了一半便停筆，甚至乾脆丟掉它，那是因為感覺到那題目完全不行，那便掉到垃圾桶裡。這可能因為在構思過程中已經知道有一些東西不行，不viable（可行）你會覺得就是自己也說服不了自己，對自己也沒有說服力。很簡單，當你看自己的作品時，如果自己也覺得不好看的話，別人自然一定覺得不好看；就是自己覺得好看，別人也不一定覺得好看，但如果自己也覺得不好看，那麼別人一定也會覺得不好看，做功課也是這樣吧。

富爸爸、窮爸爸

問：我記得你剛才提到不喜歡劇中的胖子，我和同學都討論過那胖子形象的設置，覺得那是深化了「父親」的形象……

伍：我想那是故意的。

問：就是以胖和瘦、健康和病作對比，但你似乎認為影片這樣的安排是扭曲了你的原意，你認為中間的落差是甚麼呢？我們也熱烈討論過「家」的設置，同學大都認為影片是用康仔一家跟繆先生一家作對比。一邊較富裕，但「家」的味道較淡；另外一邊雖然較為清苦，但相對地「家」的味道卻比較濃厚。你寫作的時候有沒有考慮以「家庭」作為敘述單位，抑或是以個體的「父親」作為聚焦對象？

伍：我只是不太喜歡演胖子的演員，這樣説對他不太公平，這只是我的主觀想法。我認為「對比」這思路是正確的，但他們可以選一個比較正常的演員，只要健康就可以。其實林尚武也很健康，而且他一點也不瘦。我只是覺得胖子演員的演出誇張了點，可以選一個比較normal（正常）的。

至於有關「家庭」與「父親」的問題，我真的沒有想過這個問題呢！嗯，兩種考慮都有吧。可以這麼說，父母對整個家庭的氣氛影響很大，如果父母終日愁眉苦臉，子女也不會快樂。胖子家庭有一個好處，雖然他們好像很粗鄙，常常在賭錢，但他們是很快樂的家庭。最近有一本英文書叫*Rich Dad, Poor Dad*，中文名是《富爸爸，窮爸爸》，其實很像剛才說的那種情況。〈父親〉中的兩個families (家庭) 將來可能會走上富爸爸、窮爸爸的路。雖然胖子家庭很世俗，但可能他們很懂得financial management (理財)，所以生活得很好。我覺得這情況挺有趣，有些想法跟其他東西不謀而合，不過處理手法非常不同。我想毋須要界定以「家庭」還是以「父親」作焦點，the whole point of (重點) 因為有父親就是有家庭，兩者其實是合一的。

不純粹的小孩子角度

問：你以一個成人的身份去寫小孩子，以一個小孩子的角度敘事，你怎麼控制自己的情感和觀點停留在小孩子的角度上，適可而止呢？成人經歷的事情很多，想法必定比小孩子複雜，你怎樣控制自己在感情是小孩子的感情呢？

伍：我可以告訴你那是控制不了的，而且也不需要控制，因為我永遠不可能再是小孩子。文學很多時候都是base on一些假象而成，你假設自己是那個觀點，但實情當然不是。康仔根本不可能那樣思想，他其實就是成人。這是創作的myth（奇妙），不需要因為不能真正做到那觀點就以為不能寫，小孩子的角度只是一種工具。我明白你的意思，所以我在語氣、說話方式上盡量像一個小孩子，例如不會長篇大論地說話，只會看見一件事便紀錄下來，然後產生一種感覺，但隨即便又跑去玩、做其他事情。這過程是跳動得很快的，小孩子的思維模式就是這樣，很容易被其他事情distracted（分散注意力），注意力與集中力都不太好，這在文章中某程度上是做到了，成人很少這樣看事物。百分百是小孩子的角度是不可能的，因為我根本不是小孩子，也沒有這需要。

關於小說

我再談談寫小說的問題。即使大家沒有打算當作家，但我想寫小說對大家來說是不錯的training（訓練），因為寫小說可以練習觀察別人。構思小說時通常會想，如果將身邊的人聚在一起會發生甚麼事？這對你們將來工作很有幫助，你們將來成為高層，manage（管理）一群下屬所面對的問題也是一樣的，甚麼人之間會有怎樣的relationship（關係）、他們一起會怎麼交往、他們的關係會怎樣等等。寫小說有助培養pattern recognition（形態認知），對工作也有幫助。兩者當然是不同範疇的東西，寫小說始終較著重感情、感覺，但兩者同樣是關於人的interaction（互動），這點卻是不謀而合的。

小說作為一種文體，有些人認為它已經被影像取替。他們說的可能也對，因為讀小說需要的時間不短，懂得appreciate（欣賞）小說的人必須先對文字有感覺，但一般現代人這方面的能力已經愈來愈低，小說便漸漸變成了一種很elite（精華）的文體。小說將來可能也會像詩一樣，只有小撮人看得明白，這是沒辦法的事。不過文體會轉變，以後可能會有新的文體出現。

寫作課有機會一讀也是不錯的，但寫作課只能教你寫作的工具或技巧，有些東西卻是無法教授的，就是寫作時必須先有一種感情真正觸動自己。不是説感情很澎湃的時候，而是曾經澎湃，然後那對你仍是relevant（有關）的感覺，你仍然有一種感動。如果沒有這種感情就不要寫了，交功課自然例外，但要是真正serious（認真）地寫一篇文章，沒有感情的話，就像構思了一幢高樓，可是裡面卻缺少了心臟，即是沒有一個point可以觸動自己，那麼文章一定寫得不好。就是有感覺觸動你也不一定可以寫得好吧，因為別人未必feel到，這又是另外一個問題。基本上要先過了自己的一關，先有一種能觸動自己而且可以支持你的構思的感情。那份觸動你的感情不是在當下的，感情澎湃時寫出來的文章，別人看了也不會有感覺，因為那只有你感到澎湃，對他人卻沒甚麼意思。我經常説寫作前要經過一段冷靜期和一段提煉期，否則他日重看自己作品的時候會覺得很可笑，笑自己當初的感情怎麼會那麼澎湃。這只是我的感覺，也許有些人可以在感情澎湃時寫出好作品，我也不太清楚。這一點很重要，即使你忘記了今天所有的話，這個point卻要記住，就是必須要有一些東西觸動你感情才去寫，否則不如做其他事情，時間可能會用得productive（有效率）一點。

「文學與影像比讀」講座之三

許鞍華

改編與懷舊——由《傾城之戀》談起

日期：2002年4月8日
時間：14:30-16:00
錄音整理：李佳玲
校訂：熊志琴

引子

許鞍華於1984年把張愛玲以香港為背景的小說《傾城之戀》改編拍成電影，事過接近二十年，許鞍華在講座中憶述了當日改編《傾城之戀》的緣起與過程，並從《傾城之戀》談到《阿飛正傳》和《胭脂扣》的處理。許鞍華以導演的眼界，剖析改編自文學作品的電影在文本再現與賦予主觀詮釋間的各種考慮，帶給同學更深刻的思考角度。

許：許鞍華、盧：盧瑋鑾（小思）、問：同學提問

開篇

盧：各位老師、各位同學，今天是「香港文學專題」課程最後一次邀請嘉賓演講。許鞍華女士——我相信不需要多介紹了，大家不論喜歡看電影與否，總已欣賞過她的電影作品。我們的課程選讀了張愛玲的〈傾城之戀〉，也細心反覆觀看過由許鞍華改編的電影《傾城之戀》，因此設計了今天的講題，希望同學把握機會，向許女士提出問題。

改編〈傾城之戀〉的原因

許：各位老師、各位同學，我不懂說lecture（授課）的，以往我每次說lecture，別人總說我說得太快、沒有系統，這次因為小思是我很敬佩的人，她不是我的老師，但她的作品給我許多啟示，而且她是教書的，她請我來，我當然不敢不來，哈哈！還有劉殿爵教授這師祖輩人物今天也在座上出現，真叫我受寵若驚，但我會盡我所能，把所知道的告訴大家。我先提出幾個主要的points，about（關於）改篇文學作品經驗的，然後便請大家發問，大家一起討論。我說的部分不會太長，只是提一些要點。

改編〈傾城之戀〉已是二十多年前的事，我曾在香港大學就《傾城之戀》作演講，我只在半年前看過那錄影帶，後來當我想重看時，發覺那錄影帶已借給了攝影師作demo（樣本影帶），所以我沒有重看那錄影來準備這次演講。當年我們是在很倉猝的情況下改編〈傾城之戀〉的。那時我跟「邵氏公司」（按：指「邵氏兄弟（香港）有限公司」，下同）簽了合約，正要開拍一部新片，可是結果告吹了，然後才決定改拍《傾城之戀》。選擇改拍《傾城之戀》，原因是我一直很希望拍張愛玲的小說，但同時也居心不良，希望盡快完成合約，然後便離開「邵氏」。我對〈傾城之戀〉的故事內容本就很熟悉，而且小說本身也像電影般分成一幕一幕，只要電影公司願意投資，找到合適的演員，場景也可以搭成，那便可以拍電影了。這種居心不良的想法自然有所報應，就是電影的成績不理想，改編的時候也沒有仔細思考改編文學作品的問題。文學作品有本身的時代背景，有些是四十年代，有些是清朝的。改編時要思考的，第一是電影和文學的分別，第二是戲劇和小説的分別。這些都是牽涉很廣的問題，當時我並沒有很慎重地思考，只是把故事一幕一幕的「搬字過紙」，將書中的對白和場口抽出。我也對當時的編劇（按：即蓬草）不公平，因為她是我的好朋友，倉猝間請她來寫，她當然也沒有時間思考怎樣做得更好，結果是……我想它的不好是大部分觀眾看不懂。

他們的笑都不懷好意……

電影乍看是沒有問題的，但其實當中潛伏著很大的問題。張愛玲這小說當年在上海很快便改成舞台劇[1]，演出非常成功。小說本身便有著許多場口，每一次男女主角見面都是一場戲。除了白流蘇和范柳原第一次在舞會遇見的那場是暗場外，其他如兩人再見面、成為情侶等，都是一場一場的戲，分場很清楚，對白也完備，所以改編工作很簡單，只要把所有場口都抽出來便成。還有，這是一部中篇小說，長度很適合拍成電影，如果長篇便太長，短篇便需要加插許多情節才行。於是我們當時就這樣，只把一場一場的場口都抽出來。那時我心裡已暗感不妙，想不會這麼簡單、這麼容易吧？總是覺得不太妥當，後來在電影院放映時發現了一個最大的問題，就是觀眾一直在笑。記得當時我是跟劉教授（按：指劉殿爵教授）一起看的，我想為甚麼他們會笑呢？當時還滿心歡喜，後來才知原來他們是笑戲中的對白太文藝腔，好像周潤發（按：飾演范柳原）在碼頭上看見繆騫人（按：飾演白流蘇），說：「你好像一個藥樽似的，你就是我的藥。」[2]……他們的笑都不懷好意。電影中還有許多對白現在看來都是難以接受的，我們就好像勉強把文字改成廣東話，原本那些對白都是很迂迴、很stylized（風格化），文字勉強改成廣東話後，那感覺差距很大，於是觀眾便笑，因為感到很抽離，彷彿在看配音片，或者是看一些人在說一些不是人會說的話。怎樣令觀眾接受這些對白？令觀眾同時明白其中精髓？這些問題我們之前沒有解決。電影後來配了國語版在台灣放映，那便不再有此問題。台灣的觀眾認為很好，沒有說是惹笑的、可笑的，主要就是因為配了國語版。所以這不但是形式、思想上的問題，也是一個你對觀眾反應的敏感度的問題，能知道觀眾的反應是很重要的。當時我們只是「搬字過紙」，這樣無疑很忠於原著，但出來的效果卻是怪怪的，雖然不至於莫名其妙或一敗塗地，但肯定是不恰當的。觀眾的反應、他們接收語言的能力，我們沒有估計在內，我認為這是很大的問題。

[1] 是次《傾城之戀》話劇演出由張愛玲親自編劇，朱端鈞導演，於1944年12月16日在上海「新光大戲院」上演共八十場，主要演員有羅蘭、舒適、端木蘭心、陳又新、韋偉和海濤，「大中劇藝公司」出品。(參陳子善：《說不盡的張愛玲》，台北：遠景出版事業有限公司，2001年，初版，頁49-53 。)

[2] 原文為：「他說她的綠色玻璃雨衣像一隻瓶，又註了一句：『藥瓶。』她以為他在那裡諷嘲她的孱弱，然而他又附耳加了一句：『你就是醫我的藥。』」張愛玲：《傾城之戀》，台北：皇冠文化出版社有限公司，1999年，典藏版，初版，頁219。

最理想是先做research，然後在research裡選取一個統一的系統。

説到四十年代是另一大問題，這不一定是adapt（改編）文學作品的問題，而是當你面對一個有時代背景的故事，你該如何處理呢？我們當時(1982年)的做法是，偷偷回上海看看。當年很少香港電影工作者到中國大陸，他們是不能回到大陸取景的，因為一旦到內地取景便會被台灣列入黑名單，不是説政治的黑名單，但也可説是政治的黑名單，那邊的「自由總會」會禁止你的電影在台灣放映。八十年代台灣是很大的市場，是香港電影本土以外的第二大的市場，香港電影除了在香港上映，便賣埠到台灣，藉此收回成本。我們拍《傾城之戀》時對上海一無所知，對中國大陸的認識也很貧乏，我算是懂得一點的，因為我在八十年代曾經到過海南島，但海南島和上海完全是兩個世界呀！哈哈！所以我們便偷偷回去，在那裡找一些場景，也在那裡找一些京戲戲班，我們希望在拍攝之前了解一下上海人居住的房子，因為我們聽説上海有石庫門房、有舊屋、有洋樓等等。上海是很大的，那裡的文化、生活習慣和香港又相似又不相似，例如同樣是華洋雜處，同樣在保留著中國傳統的同時也有許多外國傳統，但實際情況畢竟跟香港不同。坦白說，我們逗留了三天，甚麼也沒有接收到，我們是「啊！石庫門房是這樣的！」、「那些房子是這樣的！」石庫門房其實有不同種類的，但我們只看了一種！我們回來後其實仍然很懵懂，但因為當時居心不良，有了限期便一定要開始拍攝，我們之前所做的research（資料搜集），做了比不做更糟，實際拍攝時的上海完全憑自己想像。後來才懂得最理想的做法是先做很多research，然後在research裡選取一個統一的系統，譬如說不同年代的人，因為身份、階層不同，生活方式也便各有不同，我們做research的時候會問：「四十年代的時候，你家中是怎樣佈置的？」每個人告訴你的答案都不一樣。每個人眼中的上海都是不同的，差異很大，無法統一，我們需要統一的是從那時代許多細碎雜項裡，找一些共通的、有特色的，或是你有意去interpret（演繹）的東西。後來拍《半生緣》是十多年後的事，我們痛下決心改過，要拍上海，便一定要拍一個由我們給予interpretation的上海。我們的美工提出四十年代的上海是很有歐洲味道的，我們要在《半生緣》中帶出一個感覺——是一齣東歐片，至於東歐片是怎樣的便見仁見智了，哈哈！但總是有布拉格……總之不是南歐那種西班牙式，也不是北歐，而是東歐，是舊式的，有少許蘇俄感覺的歐洲風味，他連音樂也希望我們提供一些有歐洲風味的，就是要帶這種感覺給《半生緣》。這樣把許多繁雜的東西堆起來，instead of（相對）去形容上海是怎樣的，似乎這做法較好。

但後來還是出現很多問題，電影上映後有很多人非議，譬如當裁縫的會説四十年代女士的長衫不是這樣的，那些褶是怎樣怎樣的……自己聽了也給嚇呆，到現在我還是不知道四十年代的旗袍應該是怎樣的；又有人説那些褶是怎樣的，袖子又是怎樣的，cutting（剪裁）又該怎樣怎樣，長度又怎樣怎樣等等……我想其實每一個年代也應該同時有不同年代的款式存在，只視乎你選擇哪一種作代表，你要給人哪一種大概印象，就是找來幾個專家問他們二十年代的旗袍是怎樣、三十年代的旗袍是怎樣、四十年代的旗袍又是怎樣的，我想他們也會有爭議，但你必須知道那三種旗袍大概是怎樣的。當時的外國和當時的上海彷彿相隔了十年，那種時代的重疊和紛亂，我們愈看愈confused（混淆），加上我們那時很趕，所以便説可以了，只要好看就行了，其實是沒有盡責，做得不夠好。化妝的情況亦然，找一個外國人來，他説一套；找一個唐人來，他説另一套，結果白流蘇的化妝就如大家所看到的，很大的嘴唇，用的粉是啞色的、是mat的，塗得很厚、很白，眉毛沒有二三十年代時的幼細，但也沒五六十年代時的粗寬……哈哈！我們很疲於奔命，如果要認真考究可以很考究，但其實最主要的是不要錯，同時要選擇一個統一的視覺系統。還有那些房子佈景，我們被罵得很慘，白流蘇的家——原來只有廣東人才會把祖先的照片掛在廳裡，我們那三幅照片還是從上海買回來的！他們說：「我們上海人不會把祖先的靈牌豎立起來，你們真是胡來的！」還有白流蘇繡花，又有人說：「沒有人拿著整隻鞋來繡的！」他們會說出來，主要是因為你做了一件很兀突的事，若那事不兀突便ok。又如白流蘇的頭髮剪成任劍輝一樣，這是美工的一個誤會，他「嚓」一聲剪掉了，效果如此，我當時也呆了，前面還有一些需要長頭髮連戲的鏡頭還未拍，但結果觀眾卻沒有發現白流蘇髮型不連戲。有一場戲是白流蘇在淺水灣家中吃飯，她在淺水灣的時候頭髮是不長不短的，但出來的時候卻是長的，差了兩寸！我們是不可原諒的。白流蘇的頭髮剪成這樣，是因為我們有一次看到一位三十年代將軍太太的照片，我們覺得很「帥」，沒想到三十年代的女人會剪如此前衛的髮型，所以其實不是髮型的問題，而是那種髮型不適合繆騫人，她的頭太大了，頭太大而頭髮剪得太貼服，便顯得頭很大而人很瘦，比例不美觀，她一定要soft（柔和）一點才好看，結果造型便不好。Anyway（總之），我要告訴你們的是，我們在工作中每次make decision（下決定）的時候，因為沒有一個統一的、合作的概念，結果便出現許多這樣的問題。

《阿飛正傳》的「感覺」

在時代背景上，如果我們真要做research，我們要做得比較好，要多花些時間多點了解，不是在慌亂中抉擇，結果出來的效果只是ok，但不是經過設計或者思考的東西。《傾城之戀》美工部分看上去ok，但沒有一個統一的方向，所以便有問題。除了先做許多research，然後選取一些重要的特色，把它變成一種風格外；我想重現時代背景的另一種做法是，用許多「感覺上」的物件，而非「視覺上」的物件[3]。你們有沒有看過《阿飛正傳》？我在《阿飛正傳》看到許多東西，我想為甚麼它的六十年代不是我所經歷的六十年代？它也不是有很多details（細節）或許多那時代的景物，但為甚麼給人的印象這麼深而且沒帶來批評？就是因為它選擇的全是「感覺性」的東西。甚麼「感覺」呢？第一，肯定的，六十年代是沒有冷氣機的，《阿飛正傳》中許多場戲，例如張國榮（按：飾演旭仔）回到家中，然後劉嘉玲（按：飾演劉鳳英／又稱咪咪、露露）回來跟他調情的一場，一把風扇放在那裡，有前景和後景，那風扇除了實貌，還會擺動，還會發出聲音，整場戲便都充滿「查查查查」的聲音。許多時候，聽覺上的感覺比視覺強，它是一個total（整體）的感覺，受了它的影響也不知道。所以他們是找到風扇這東西，這是那時有現在沒有的，現在已經消失了的，而且那是有聲音、有動作的感覺，同時那是普通的物件，放在那裡也不察覺它是一件道具，它在電影中還誇張了「熱」……幾個function（作用）加在一起時，在創造時代特色上便產生了多種效果，而觀眾不自覺經歷了這種效果，不只是在看spectacle（場景）。又如下大雨的場景，也很能突出香港夏天的感覺。

還有，現在的汽水大多是罐裝，但六十年代的汽水是瓶裝的，人們都拿著瓶來喝，《阿飛正傳》裡許多場戲都見張曼玉（按：飾演蘇麗珍）賣汽水，「啾！」、「啾！」的開汽水、喝汽水，那已經融化在戲裡的，而不是佈景或甚麼，而是戲中一個重要部分、道具，還有張曼玉和劉嘉玲打架那一場戲，張曼玉抽起一盤一盤的汽水發出「叮叮噹噹」聲、踢汽水瓶的聲音，這些聲音都是跟戲融為一體的。當它成為戲的一部分，產生聲音效果、戲劇效果的時候，那時代背景便不光是裝飾性的東西。這些東西需要細心選擇，有特別的眼光、獨到的眼光，經過思考如何融入戲中，那時代背景才會跟戲合而為一。但我們許多時候是時代背景歸時代背景，對白歸對白，沒有把那些東西重新調配來取得統一、完整的效果，結果便變成很單向性、徒勞無功，因為觀眾看電影是看整體的，並不是你喜歡那套衣服便讓演員穿那套衣服，那便不是一個系統。

《阿飛正傳》第三項很特別的處理是，它沒有選擇六十年代的衣服，即不是那時流行甚麼便讓演員穿甚麼，它選擇的是整體感覺。譬如六十年代很多女孩子的裙子的線條是「A」字型或是倒「A」字型，劉嘉玲每次出場都穿倒「A」字型的裙，張曼玉則所有裙子都是正「A」字型；還有，電影中的男孩子都必定塗上髮蠟，劉德華（按：飾演警察超仔）、梁朝偉都塗得很誇張，但實際上從前不是所有男孩子都塗髮蠟的，就是要予人一種很不一樣、很六十年代的感覺。所以，選擇一種衣服的線條much rather than（遠勝於）選擇不同的衣服優勝，因為款式太多，選擇了一種線條便有一種統一性，能夠給人整體的感覺。服飾的線條每一年都不同，好像現在T-shirt的線條和幾年前的便不同，有少許差別的，一看便知道為甚麼這個很fashionable（時尚），那個不fashionable，其實也是線條的問題。

還有第四項，就是《阿飛正傳》用上了那個時代才有的音樂。聲音、線條都不是視覺上的東西，而是一些感覺上的東西。《阿飛正傳》用了許多六十年代的音樂，那種很virtual（虛擬）的感覺，沿用那種arrangement（編排）、那種樂器，但服裝卻不是exactly（完全）屬於那個年代的。它那種統一的效果是，這是原裝的，但增添了新元素，互相衝擊，讓整件事都變成新的，其實當中有舊也有新。

拍電影都應該先這樣思考，其中當然有許多不同的variable（變素），有時對、有時錯，創作性的東西有時候是碰運氣，但如果不做這些工夫，便不是創作，只是照著做。我認為我在《傾城之戀》是很勤力的，但其實只是照著做，因為沒有好好的把那些elements（元素）想清楚，哪些是主、哪些是副、怎樣混合，這是視覺上的editing（剪接）的事。

〔《阿飛正傳》片段放映〕

剛才的片段大概illustrated（描繪）了我所説的汽水瓶、服裝線條等各點，王家衛在那些時代中選擇了一些很細微但有代表性，而且有聲音、有聲效的東西。需要notice（注意）的是，《阿飛正傳》中的美工、音樂、剪接、演出等是一個整體結合，可以看到他的拍攝手法是統一的，全用一些很tight（緊湊）的鏡頭，或是所謂的telephoto lens（攝遠鏡頭），那些鏡頭很長，把畫面背景模糊化，因此不用那麼多背景，相反，如果用廣角鏡，背景和正面都需要很清楚。他很consistent（貫徹始終）地常用這些比較長的鏡頭，背景比較模糊，帶出nostalgic（懷舊）的感覺，因為看不真，便有夢的感覺，這是恰當的。而且在視覺效果上，他連顏色、燈光等帶出的觀感都統一了。

一般觀眾可能不曉得導演如何製造這些效果，但卻會感覺到這些效果。我們拍《傾城之戀》便沒有考慮這些方面，哪個shot(分鏡)應怎樣拍便用甚麼鏡頭，而沒有預先統一鏡頭來讓觀眾有一種時代背景朦朧的感覺。這些都應該在拍攝時好好考慮，然後有所選擇的去做。

其他的point，我想用《胭脂扣》的片段來説説它的改編，那和《傾城之戀》「搬字過紙」式的adaptation（改編）不同。我今天所説的，不是説自己拍的電影很糟，哈哈！我沒有這種意圖，只是以事論事。我認為《胭脂扣》的adaptation是很上乘的，這跟原著有關係，但不是説原著不好而改編很好，而是原著和改編是兩回事，《胭脂扣》的改編工作做得很好。

[3] 按：許鞍華演講原文為「用許多『視覺上』的物件，而非『感覺上』的物件。」此處因應文理更正。

《胭脂扣》的改編

如果你們把《胭脂扣》的原著找來，把所有有關如花和十二少的段落勾出，你們便會發覺李碧華寫那對遇鬼的情侶，寫得像一齣戲似的；寫如花和十二少則像敘事般，只是間中以一、兩句説他們當年如何，電影的改編反而把如花的故事expand（發展）成一場一場的戲。譬如你不會在小説中找到如花和十二少第一次見面、怎樣相遇的細節，但電影則整場戲加進去，就在這場戲，你便可以發現改編或寫一場戲需要注意的事情。有些戲是需要有場面的，如果是時代劇便更需要場景提供一些時代背景給觀眾看，《胭脂扣》的世界關於石塘咀、妓女、煙花之地，是很懷舊和很glamorous（有魅力）的，所以它找來一個場景，妓院是兩層高的，古色古香的；又讓如花首次出現時穿上男裝，這是一個設計；而且如花是有聲色藝的，她會唱《客途秋恨》。大家都知道《客途秋恨》是一首很著名的南音，它的content（內容）正是妓女與客人之間的哀怨故事，所以如花的歌聲在聲色之餘，不但為觀眾介紹故事，還帶來背景的音樂和場面。有些人在旁敲打樂器，有前景、有後景、有襯托，使二人初次相遇的那場面很grand（盛大）、很豐富，這就是改編。戲中的妓女有「琵琶仔」之類的稱呼，他們又有些很有特色的習俗或儀式，就是拿毛巾給客人然後收錢，每個客人後面都站著一個女孩服侍他等等，這是一種聲色之地的章法，甚至是一種文化。那些習俗都是有根據、很好看、值得研究的。他們的説話是怎樣的呢，他們説一些從前的廣東話、許多術語，這些都放到如花和十二少初次見面的那場戲去。導演考慮這些場景時，除了要求有畫面、有歌、有戲、有背景，他還考慮了怎樣交代。這都是改編而來的，據原著裡面的一些提示寫成一場戲。

另一場戲十二少去找如花，改編寫成如花明明坐在那裡閒著，卻偏要十二少在另一邊等，她説要去搓麻將，這樣三去三回，讓他等，一方面看他是不是有誠意，另一方面這是交際花一種很上乘的手段，就是吊他口胃，不讓他那麼容易得手。這戲很有趣又很好看，每次如花過去，十二少有時睡在那裡，以為他走了，有時又打開門……就是看如花怎樣戲弄他，也有點調情意味，很好看，這些都是原著沒有的，只是沿用那個setting（環境）。如此類推，基本上所有如花和十二少的戲都是這樣一場一場的寫出來。後面還有一些其實是很老套但又很好看的戲，就是這妓女很忠心地跟隨十二少，但他家裡不容，如花於是去看他母親，結果受到奚落……這種戲需要很大的想像力和很精到的設計才能讓人感受到如花的感受，因為這種故事過去被拍過千百次，但《胭脂扣》處理得很好，整場戲的場面設計和對白都很好。

有時候，改編是把原著中的一些提示重新拼湊成一場戲。所謂小說的提示，譬如這段說十二少的身份，那段說二人初次見面，電影改編便用一場戲完整地表現出來，這對我來說是寫劇本和adaptation (改編) 最困難的部分，但《胭脂扣》這幾場戲便處理得特別好。我不是說原著不好，而是原著不用寫這麼多，不需要一場一場戲的寫出來也可有那感覺；但如果導演只是照原著來拍，那便不會看到這許多東西了。據我所知，關錦鵬拍《胭脂扣》的時候是有意將摩登的那對情侶和五十年代那對情侶作比較的，彼此戲份幾乎各佔一半，但拍攝完畢後剪接，剪呀剪的，把摩登那對的戲都剪去了，因為從前那一對的戲好看，所以梅艷芳 (按：飾演如花) 和張國榮 (按：飾演陳振邦，即十二少) 便佔了主要的戲份。這種比例的問題時常發生，因為很多時候需要拍了出來才知道行不行，當然希望成功，但有時候出來的不是最初想要的效果，或是不能達到想要的效果，最後效果好的便佔了主要戲份。

我想給你們先看一些剛才提及過的片段，然後我們再作discussion (討論) 。

〔《胭脂扣》片段放映〕

《傾城之戀》中的〈金鎖記〉片段

問：我的問題是關於《傾城之戀》的，裡面有一場戲是白流蘇在她母親的床上哭泣，白流蘇一邊說一邊將手腕上的金手鐲子推向手臂，一直的推。這在〈傾城之戀〉原著是沒有的，反而在〈金鎖記〉中，七巧曾經這樣做。為甚麼你會在《傾城之戀》加插這一段呢？

許：我其實是看了〈金鎖記〉，覺得她那動作很有趣，所以……〔笑〕。那時我是很勤力的，但我的方向錯了，我沒有好好考慮《傾城之戀》想表達的是甚麼？我想通過《傾城之戀》表達甚麼？中間有甚麼偏差？最後觀眾又接收到甚麼？我若沿著這方向想……那時我很努力的看完所有張愛玲的作品，〈金鎖記〉裡面有這一段，便加了上去；還有一場戲是阿小在洗澡間貼滿手巾，不，那是〈第一爐香〉的片段，我們老是這樣做，哈哈！趕急之下，其實沒有甚麼意識的。〈金鎖記〉中的七巧因為瘦得過份，所以手鐲可以一直推上手臂，這種感覺很墮落，不，是很沉淪，就是瘦得手鐲可以推到手臂上，但我們沒有拍這場面，因為我們不是那個意思。

文字愈漂亮愈難以表達

問：我的問題也關於《傾城之戀》。從前盧老師播放了蓬草，即《傾城之戀》編劇的一段訪問錄音帶給我們聽，她提到《傾城之戀》的改編有一個重要意念，就是突出三四十年代一些女子的愛情歷程，或一個失婚女人的婚姻經驗。你作為《傾城之戀》的導演，又有沒有一些想特別突出的概念呢？

另外一個問題關於《傾城之戀》開始部分出現的京劇片段。我看的時候不知道原來那是崑劇《牡丹亭》，幸好負責帶領導修的同學提醒。我看的時候有很特別的感覺，好像把張愛玲的一篇散文〈華麗緣〉加了進去。據知張愛玲很喜歡這散文的，逃難的時候也帶著。於是我想，電影那特寫是男女間調情的片段，張愛玲在〈華麗緣〉也很強調調情的片段，那你加插這一段戲曲是不是希望對整齣戲有提綱挈領的作用？還是希望把張愛玲其他作品中的愛情觀念融入戲中？

許：其實我拍《傾城之戀》時是有少許confused（混淆）的。從前我看〈傾城之戀〉的時候，我不是很喜歡看愛情故事的，我只是覺得把愛情故事放在這樣的背景下好看。張愛玲在小說尾段寫了這句話：「一個城市的覆亡，成全了一對男女的愛情。」[4] 我很喜歡這種說法——很慘，天崩地裂的，但竟然成就了那愛情。這是很ironical（諷刺）的idea（意念），是張愛玲才有的，她竟然看到這點，我看小說的時候便最喜歡這點。另外，我喜歡她述說淺水灣酒店、四十年代的生活，我是喜歡那些的。至於她說的男女關係，我其實不太喜歡拍男女關係，但〈傾城之戀〉最好看的便是男女戰爭，哪個勝，哪個敗，那是屬於四十年代許多Hollywood movies（荷李活電影）的主題，情場如戰場，但它是險惡得多的，不是你死便是我亡，如果白流蘇輸了，那她的一生便完了。當然張愛玲寫這一段寫得很生動，同時她一定有對當時婦女地位的啟示。一個女人，二十八歲，結了婚，丈夫不好，那便一生都完了。張愛玲多少有點替白流蘇說話的意思，但我拍攝的時候沒有特別想要拍這點，我只是拍戰爭和戰爭以前的比較，我比較想突出這對比。而在戰爭結束後他們變得平凡了、單純了，或是變成了好人，這我也想拍出來，但拍不到，因為那是一種idea。就是說，文字表達得很好，但拍攝時候無法用畫面表達，要是硬用畫面去表達一些很漂亮的文字……文字愈漂亮便愈難以表達。

問：那是不是因為影像無法表達很美麗的文字，所以你無論如何在最後一幕加插文字？

許：把文字打上去？哈哈！

問：那段文字即使不加進去，對整齣電影的故事也沒有影響，但你是加進去了。這是因為你很喜歡那段文字，所以想和觀眾分享，還是甚麼原因？

許：有少許desperation（絕望）吧！「這是張愛玲」的意思吧，不是一種手法。

4 原文為：「香港的陷落成全了她。但是在這不可理喻的世界裡，誰知道甚麼是因，甚麼是果？誰知道呢？也許就因為要成全她，一個大都市傾覆了。」張愛玲：《傾城之戀》，台北：皇冠文化出版社有限公司，1999年，典藏版，初版，頁230。

張愛玲不相信這些

問：小說裡說，究竟是城市的破落造就了他們，還是他倆的結合令這個城市滅亡了？另外，像你說的，最後拍不到他們變成好人……其實可能兩個人經歷了這樣的大時代變遷，或者經過一場power game（權力鬥爭），過程中也許會互相adaptation（適應）、一些的改變，那他們的personally changed（個人本質改變）以後，自然便會變成較好的人。那他們中間已沒有那麼陰險奸詐，可能因為事情都完了，已不需要陰險奸詐，又或已找到另外一些更好的人，這樣，可否……

許：你想問的是……？

問：其實不是問題，後來他們改變了，自然地成了較好的人，就是一個很natural（自然）的個人成長。

許：我覺得張愛玲沒有說他們變了一些較好的人，張愛玲不相信這些的，這是她寫實的地方。「文化大革命」的時候，我回鄉探望我祖父，我在那邊兩星期沒東西吃，回來後的三個月，我每天吃飯完全不敢留一粒米飯在碗裡，但三個月後便又再犯了。我覺得張愛玲很明白這些。

問：還有一個問題談到京戲崑曲……

許：對，那京戲《牡丹亭》，我不是刻意選《牡丹亭》的，也不是因為〈華麗緣〉，其實我不懂的，我們只是說：「你們上去演一些京戲，感情戲」，哈哈！那是表達男女感情的，我們也便用了那一段。

她寫來很震撼，但這如何拍？

問：好幾位導演都改編過張愛玲的文字，譬如〈紅玫瑰與白玫瑰〉，你也改編了〈半生緣〉；我想張愛玲的文字，有些部分是很難轉變成影像的，而這幾部改編電影都用了字幕把張愛玲的文本直接打出來。我想請問你認為張愛玲作品的哪些部分是怎樣也無法轉變成影像的呢？

許：她有很多部分是描寫心理或是描寫concept (概念)，譬如〈半生緣〉甫開始那段文字，我也覺很很難表達，就是説「已經過了十四年」那一段，男女主角初認識的那一、兩年，時間好像拉得很長，以後十四年的時間卻過得很快，非常快。很多人讀小説時都有這種感覺，有些時間很長，有些時間很短，她描寫一些很特別但一般人都會感覺到的心態，她寫來很震撼，但這如何拍？這是無法拍出來的，很快便知道要give up (放棄)，不可死纏爛打，我覺得要放棄，唯有想別的辦法來表達。

她只寫生活習慣、景色，我讀來也覺得很感動。

問：我想問〈傾城之戀〉有沒有哪一個情節讓你很感動？這是第一個問題。第二個問題是有沒有想過重拍《傾城之戀》呢？

許：重拍？哈哈！留待你們來拍吧！另外感動，我是很感動的，我看許多張愛玲作品也不求甚解，沒有怎樣分析的看，但我是很喜歡看張愛玲的。我想她就是不寫感情或戲劇衝突，只寫生活習慣、景色，我讀來也覺得很感動，因為我覺得很好看。好像說，我從沒看過描寫樹影描寫得那樣好的，我們看樹影很美，經過她描寫後再看便更美，這我便很感動。幸好她來了香港，香港有許多東西只有她能描寫得到，但她是上海人，我們即使沒有到過上海，看見她的描寫便都像到過似的。我覺得那是文字在很好的時候帶來的禮物。

原著不是那麼好的，能拍成好電影的機會倒大一點。

問：許導演，剛才你説拍攝《傾城之戀》時是頗忠於原著的，又提到關錦鵬《胭脂扣》的改編很上乘，他會就原著某些部分加以延伸。我想問一下，對於由文字轉化成影像的過程中，導演的作用、角色是怎樣的？應該以自己意念改變文字，或是忠於原著？你認為哪一種較好？兩者又各有甚麼優劣之處？

許：我的感覺是，一般情況下，原著不是那麼好的，能拍成好電影的機會倒大一點，這是很自然的。因為文學作品愈上乘便愈能刺激讀者的想像力，令他們想到各種各樣的東西，也可以provoke（引導）他們想到許多不同層次的東西，那便一發不可收拾。如果原著是很著名的，許多人以至許多代人都讀過、討論過，譬如林黛玉是怎樣的、賈寶玉是怎樣的，各人心中有數，於是似乎《紅樓夢》的改編電影都失敗，因為它已經有自己的傳統，那是大家想像中的《紅樓夢》。還有就是它的文字功力，我說過愈上乘的文字愈是無法拍出來，特別是概念性或思想性的東西，那是絕對拍不到的，就是拍到也需要演化成別的東西。好像說《亂世佳人》，它可說是通俗文學，但拍成電影後卻成為經典電影。*Dr. Zhivago*（《齊瓦哥醫生》）屬於比較高級的文學作品，拍成電影便沒那麼好了，感覺上有些地方比原著差，因為原著那種精神、那種意境、詩……在電影裡都變得很低。你還可以想到許多改編作品，通常都會這樣，這是很自然的情況。

徐克改編是抽取原著精神

另外要説的便是電影工作者的態度。有些導演會借題發揮，好像徐克拍《笑傲江湖》，他借題發揮反而拍得好。《笑傲江湖》的原著當然不可以跟《紅樓夢》原著的成就比較，但它也是很多人認識、非常著名的小説。它的篇幅那麼長，要把整部小説拍成一部電影根本沒可能，但如果只抽一段出來，那一定不及完整那麼好，那怎辦呢？徐克的做法是抽了其中的精神出來，只選一、兩個角色，重點是表達《笑傲江湖》的精神。就是在一個很殘酷和黑暗的世界裡，有些很單純的人和事，那便是令狐沖。另外，徐克竟然找了東方不敗來做代表性人物，這人物為了武功、為了權力而自宮，但同時他是十分單純的。《笑傲江湖》的精神是，江湖中人勾心鬥角，不同教派打鬥得天昏地暗，但他們的愛情即在這樣黑暗的背景裡發生，而這個contrast（對比）是《笑傲江湖》這武俠小説給我的基本感覺。如果你的基本感覺是行的，那怎樣轉化角色、情節、大刀闊斧的改編都可以。東方不敗喜歡上令狐沖，這真是徐克才能想到，我們初聽他的構思時真笑破肚皮，但結果卻是可行的，甚至因為他這樣做才可行。無論怎樣脱離整個劇情、大幅度的改編，但必定仍然屬於原著的精神，這便可能成為成功的改編，instead of 沒頭沒尾的，這裡抽一部分，那裡抽一部分，隨便一個idea，有那些人名，但沒有那種精神。

顛覆原著

另外一種更厲害的做法是甚至顛覆原著，我這刻想不到example（例子）。有一位叫Fassbinder（法斯賓達）的導演，他拍過*Effi Briest*（《血淚的控訴》），還拍過幾本德國名著，但改動很大，他甚至用自己的一套加在原著上來interpret那原著的。我找不到那電影，無法告訴你它怎樣特別，但可以說明有些人會這樣做的，他清楚知道原著，甚至打上字幕，告訴你那書的情節是這樣的，但我不同意……類似這樣的處理，這樣顛覆原著，但也是可行的。作一些variation（變奏）、一個borak（胡扯），就是一個variation of原著，不一定要忠於原著，完全word for word（照搬）才是好的。我覺得做adaptation是很吃力不討好的，特別如果那原著是名著，除非像他們現在那樣，寫一本書連帶拍一部戲，同時推出，這又作別論，這是一種很上乘的merchandizing（推銷方法），對兩方面都有好處。你會看到中國大陸很多小說剛出版便拍成電影，又或甚至是為了拍電影而寫的，這種文學和電影的關係很密切，我想這跟語言有關，他們在大陸生活，平日講和聽的都是國語，小說改編成電影後大家都能馬上adapt，很簡單，省了改編對白的手續，所以我想他們文學與電影之間的關係是比較密切的。有些作者，如劉恒會改編《菊豆》的劇本，他自己會寫小說，寫好以後便改編。

電影和文字、戲劇和小說

問：許導演，你剛才說過你改編〈傾城之戀〉的時候，沒有時間思考小說和戲劇的分別、電影和文學的分別，那你認為兩者的分別在哪裡呢？

許：你是說……？

問：電影和文字的分別和小說與戲劇的分別。

許：電影和文字的分別。我覺得電影很難表達思想，除非安排角色在對白中說明；而文字的主要function（功能）是表達思想吧！文字divine（天賦）的地方就是可以表達concept（概念），這在電影是表達不到的。如果我們用蒙太奇，把一些影像拍成電影，那效果是放射式的，畫面像詩一般，一層一層許多許多不同的意思，ideally（理想來說）愈多意思出現愈好；但問題是訊息不精確，你不知道它說甚麼，每人的理解都不同，這無疑也是它的強項，但如果要求準確地告訴你它想的是甚麼，我覺得電影做不到。

而戲劇和小說是……這題目很闊，哈！小說不是用一場一場的戲來交代人物關係，而且不需要推向某一個戲劇衝突，即是Aristotle（亞里士多德）說的那些有beginning（開端）、有middle（中間部分）、有end的戲劇，每一場都有衝擊。基本上現在的電影、即使荷李活模式的電影都是base on這model（模式）上，都是先有衝突，然後解決衝突，結構一定是這樣的。但小說結構便不一定這樣，小說不是start with（起端於）完整事件中的衝突，它可以有boundary（界線），傳統結構是由一開始寫至一百，但又可以由一百開始寫回一，並不是事件、衝突、解決衝突的完整過程，所以兩者的分別很大。我們有時候弄不清楚，不讀文學的人便更弄不清楚，因為許多事情從基本理論開始，大家有了一種概念，然後用這種概念理解事情，但如果沒有讀過理論，便也許會覺得那本書不錯，但概念上是弄不清的，我現在有時候也弄不清，但知道那分別很大，而且必須確認那分別很大，知道那分別後便可以做各種調查，但問題是如果你不知道那分別，那便不知道可以做甚麼。

《半生緣》改編的得失

問：許女士怎樣看《傾城之戀》和《半生緣》，同樣是改編張愛玲的作品，你覺得兩者的關係如何？

許：我覺得《半生緣》是好一點的，至少我們一羣人、我們的美服（按：即美工和服裝）洗刷了以前在《傾城之戀》所犯的錯誤。首先我們在美工上不再找一些服務性的資料，而是希望在搜集資料後，自己主觀地給美術指導一個方向，讓它像歐洲多於像上海，一個ideally的上海。另一方面我們在語言上不會再把張愛玲的對白……《半生緣》的對白較接近人的説話，我們刻意把對白改得生活化一點；還有《半生緣》是以國語拍攝的，那些演員本身全是講國語的，上映時我們才配上粵語，所以基本問題減少了。我們在場口上也用心營造，但我覺得仍然不是做得很好，好像他們在飯館相遇的一場，我們希望那場面好看一些、佈置好一些，加了些螞蟻，但我覺得效果一般，不是很好。但我們想到最好也只是這樣，沒辦法。

還有，世鈞説十四年沒有見過曼楨，認識她的那一年多卻感覺很長很長，接著那十四年眨眼便過了。我説好呀，可以將十四年前的那些場口在銀幕上全都是最prime time（重要的時光），就是說他們相遇的那些鏡頭是很長的。譬如說他們相遇的時間是一小時，我們便用了三分鐘來表達這一小時，代表性的時間很長；至於世鈞離開曼楨以後，我們大幅剪除他的生活細節，令劇情交代得很快，一眨眼便過的。這樣我們便可以將原著那種精神，即是將時間的主觀性表達出來，我們以為這很棒，想不到人們看過後又有意見，說「為甚麼後半部的節奏和前半部的節奏完全不同？匆匆忙忙似的」。我們只能說我們失敗了，因為我們的嘗試沒有人發覺到。我們已經很努力地做，不會內疚，因為我們是盡了力去做。

喜歡那本書，讓我拍我便拍。

問：我們談小說和電影都必定提及觀眾，觀眾是很重要的，但剛才所說的，卻是忽略了觀眾的存在。在香港拍電影是為了賺錢，至少需要收回成本，大陸也是這樣，許多時候的改編都需要合乎觀眾口味。你提到《傾城之戀》失敗是因為觀眾看不懂，他們無法投入等等，在你的角度來說，考慮觀眾怎樣影響改編？或者怎樣影響改編的質素？

許：老闆讓我們改編已預計了賣座不會好，這是真的。可能那平衡方式是，舉凡這類愛情戲的男女主角都是大牌演員，希望他們的號召力能把觀眾號召來。《傾城之戀》便找了繆騫人和周潤發，《半生緣》便找了黎明和吳倩蓮，他們四個都是當時很有號召力的演員，希望以他們作號召。人們是去看四十年代，還為了看愛情故事，人們是喜歡看愛情故事的。但彷彿是定例似的，凡拍四十年代上海的電影都失敗，我也不知道原因，好像沒有哪一部屬於那年代的戲是賣座的，不知道為甚麼。

問：除了剛才所說的商業因素，你作為導演去選擇一些文學作品來改編成電影時，你會考慮哪些方面？自己對那作品喜歡與否？或是甚麼原因？另外，改編作品與編劇有很大關係，好像蓬草改編〈傾城之戀〉時想說一些四十年代女子對愛情的感覺，但這可能和你想說的不同，那在改編的過程中，編劇和導演，哪個重要些？

許：你的第一道問題是？

問：除了商業因素，你選擇改編一部文學作品時會考慮甚麼因素？

許：我沒有考慮甚麼的，喜歡那本書，讓我拍我便拍。如果細心考慮的話便可能不會開拍，因為那是很辛苦的，所有人都會罵你，說：「你為甚麼改編張愛玲？」「為甚麼拍張愛玲？」「不像上海，又不像香港四十年代，這是甚麼來的？」「你真笨，拍四十年代，那些人還在世，拍清朝便沒有人說你不像。」(眾笑) 我應該拍早一些，不要拍那麼近⋯⋯其實不是這問題，六十年代的人也還在世，為甚麼王家衛拍《阿飛正傳》卻沒有人批評？問題是你做得怎樣而已。我自己當時沒有怎考慮，喜歡張愛玲便拍了。

問：第二個問題是，編劇是不是很重要？如果她提出的不是你本來想要的那種東西呢？

許：不會的，如果她想把〈傾城之戀〉改編成是說四十年代女性處境的，其實這正是電影所要說的。我對四十年代女性處境不是特別感興趣，但主題有許多，我比較喜歡這種，因為故事不說那女主角的命運，那怎可能不關注女性處境？有時編劇跟我有些看法未必相同，但我認為也沒需要相同。

用電影描寫「心情」

問：有關小說文本中的人物心理描寫，作者以全知角度描繪他們的心理狀況，而你把它轉化為影像的時候，其中一種處理方法是打字幕出來，好像《紅玫瑰白玫瑰》那樣，用字幕打出來，但《傾城之戀》便沒有這樣做，那便倚靠演員的表情，或是導演以四周的事物來襯托出來。對於描寫心理狀況，許導演你有甚麼心得？

許：我剛才說電影有時無法表達文字，我說的不是心情。你說的感情部分，電影是能表達得很好的，除了演員表情，你還可以利用場景、燈光等，全都可以用來誇張氣氛。如果安排在海邊，天很灰、陰暗，那自然是心情陰暗，這是很容易的；又譬如你很高興，那便陽光普照；也可以相反處理，你很高興，但天色很陰暗，這便很特別。電影可以表達許多不同的複雜的感情，但在rationalizes（合理化）那些感情時，許多迂迴曲折的思想便無法表達。最主要是情景交融，用陰暗的背景拍陰暗的人，可以誇張效果；或是倒過來，用很光明的方式拍瘋子，可以很特別。這些視覺上的東西都很容易，再加上音樂、聲響效果，用這些表達人的心情是很上乘的，但你對別人心情的看法便很難表達。也許用一些畫面速度表達事過情遷、景物依舊人面全非，這些很容易以電影表達，而且表達得很好，但我是說「有些」情況無法表達，特別是張愛玲所寫的許多心情，那不只是感覺，那便很難表達。

重拍《傾城之戀》？

問：你在《許鞍華説許鞍華》裡提到找周潤發和繆騫人來演《傾城之戀》是一個錯誤[5]，為甚麼你會這樣説呢？

許：我不是説話不負責任，但説一次便只負那一次的責任，有時候心情不好便亂説話了！哈哈！還有，那時候我跟周潤發已合作過一次，和繆騫人也合作過一次，大家也很厭倦，觀眾看這組合也很厭倦，所以我覺得這是錯誤的決定——早知道便不回答那問題了。

問：假設你重拍《傾城之戀》，〔眾笑〕你會選誰當男女主角呢？還是選他們還是選其他人呢？

許：我會不會另選所有角色？當然需要啦，他們都老了！〔眾笑〕會，我會另選所有角色。

問：那你選誰呢？

許：嗯，我會選周迅和黃磊，即是演徐志摩（按：指《人間四月天》）和演《蘇州河》的那人，可以吧？

問：也是假設的問題，把〈金鎖記〉、〈傾城之戀〉、〈半生緣〉合在一起，以白流蘇、范柳原等人物為主線，那便有許多的愛情關係，你有沒有這樣想過？

許：我沒有這樣想過。

問：我看到有些消息說你想重拍《半生緣》，因為你覺得當時找黎明和吳倩蓮當主角是⋯⋯

許：也是錯誤的！〔眾笑〕

問：報導說你會找趙薇飾演當日吳倩蓮的角色，為甚麼你有這樣的想法？還有，你想新的《半生緣》會有何突破？

許：我不知道消息從哪裡而來，我沒有想過重拍《半生緣》。只是有一天有週刊記者跑來問我是不是要重拍，我便說：「沒有呀。」他卻誣捏說，說我沉吟許久才說沒有，那即就表示我有。〔眾笑〕這樣做很過份，這只是小事，但如果說問我：「你有沒有殺人？」我停了許久才說沒有，那⋯⋯。〔眾笑〕Anyway，沒有重拍這回事。他們問我有沒有找趙薇拍戲，我說：「我也希望找她拍戲」，就這樣而已。

問：有沒有想過不找大牌演員作號召，而憑你的角度去選你喜歡的演員去拍那種感覺？這樣的效果會不會較好？

許：其實不會的，因為大牌演員的好處是，他們一般的演技較好，比新演員好，第二方面的好處是，他們已經有許多fans（支持者），而且他們本身便很有魅力。我覺得這樣的角色，即使樣子平凡也要有明星魅力，那電影才會好看。演員如果charming（迷人），電影出來的效果也會好看些，不可以因為角色是平凡人便找平凡人來演，否則觀眾覺得不好看，我也覺得不好看呀！〔眾笑〕

[5] 鄺保威編：《許鞍華說許鞍華》，香港：（出版社不詳），1998年，初版，頁27。

喜歡的可以盡量做

問：最後的問題。你近年的作品，《女人四十》、《男人四十》裡有許多喜劇元素，坦白說，是好看多了，裡面的意思是很容易領會到。你拍這些電影時是不是刻意改變？

許：我覺得喜歡的可以盡量做，不會因為怕了而不做，只要預先知道困難的程度。

「文學與影像比讀」訪問

劉以鬯

與劉以鬯談《酒徒》及《對倒》

日期：2002年4月17日

時間：14:00-16:00

出席：盧瑋鑾老師、何杏楓老師、熊志琴老師、郭詩詠老師、第七、八組導修同學

訪問：「文學與影像比讀」師生

錄音整理：黃燕萍、鄧依韻

校訂：陳露明、熊志琴

引子

劉以鬯的《酒徒》和《對倒》分別寫於六十及七十年代，前者在1987年由香港電台電視部的「小説家族」改編成電視劇，後者的三段文字則在2000年王家衛導演的《花樣年華》中出現，電影結束時還特別鳴謝劉以鬯。在這次訪問中，劉以鬯細述了有關這兩部作品的寫作問題，並兼及其文學生涯中的苦樂經歷，呈現了作品背後的作者真實生命。

劉：劉以鬯、盧：盧瑋鑾、熊：熊志琴、車：車正軒、林：林秀莉、
陳：陳露明、恩：黃楚恩、鍾：鍾詠詩、萍：黃燕萍、鄧：鄧依韻

我的寫作生涯

盧：今天很感謝劉先生特地由太古城來這裡接受我們訪問，同學在這學期研究您兩部作品（按：指《酒徒》與《對倒》），他們很希望能透過這次見面，向您請教一些問題。

劉：我寫小說已六十多年，第一篇小說是在1936年寫的。六十多年來，今天還是第一次這樣跟別人談我的作品。我寫小說，完全是自學的，從來沒有請教過任何人。

小思是我的好朋友，我和她都喜歡研究香港文學。今天，她叫我來跟各位見面，在此我想申明幾點：第一，很多謝各位研究我的作品。對於作者，有人研究他的作品就是鼓勵。第二，很多人都不知道，我寫稿最多的時候，一天寫一萬兩千字至一萬三千字，假如這樣只寫一星期、一個月並不是太辛苦，但我在香港這樣生活了三十年，最多一天寫一萬三千字，最少也寫八千字。各位也許覺得我在說謊，但這是真的。我不知道你們圖書館有沒有七十年代、六十年代或五十年代的報紙，有一些報紙，圖書館是不收藏的，小思老師他們的一本研究著作《香港文學大事年表》[1]，裡面似乎沒有提到《成報》。其

實當時《成報》是全香港銷路最大的報紙，第二是《星島晚報》。這兩家報館我都有替他們寫稿，連續不斷寫了二三十年。我這樣說是想各位瞭解，作品雖然是我自己寫的，我對當時寫作的情況已記不清楚。比如《對倒》是我在1972年寫的，但現在我相信各位對我小說的內容比我還要清楚。在這樣大量生產的情況下，甚至《酒徒》也是，我每天寫一千字就送去《星島晚報》。

那時候沒有傳真機、打字機和電腦，我寫稿，只能用原子筆寫。稿子寫好，還需要想辦法把稿子送去報館。我這樣說，你們現在可能覺得很新鮮，也覺得不是問題，然而這在當時實在是件麻煩事。通常我只有三種方法，第一，比如說《銀燈》[2]他們有一個年輕女孩到我家拿稿件，我每個月給她一百塊，順便叫她把稿送去《新晚報》。第二，我住的大廈門口有幾輛「白牌車」[3]，我曾經跟一位「白牌車」司機約定，每天送一篇稿去《工商晚報》，每個月給他一些錢。但這只能解決一小部分稿件，留下的那一些，要麼我去送，要麼我太太去送。當時我天天寫，就算每天平均寫一萬字，寫了以後，還要到報館上班編副刊，編完還要吃飯，還要兼顧生活上其他的事情。這樣的生活我過了三十年，實在非常辛苦。

我嘮嘮叨叨講這些，不過想解釋一點：對於我的作品，有些問題我可能沒法替你們解答，因為我可能已忘記。所以我剛才說，我的作品你們可能比我還清楚。或者我再多說幾句，然後由你們提出問題吧。美國一位得過諾貝爾獎的作家William Faulkner，他專寫意識流小說，我比較愛看他的作品。他的代表作是*The Sound and the Fury*，Richard Hughes為此書寫的序言，一開頭就這樣說：有人問一位著名俄國舞蹈家這舞有甚麼意思？舞蹈家答：要是三言兩語就能解釋清楚，我就不用花那麼多的時間去跳了。Richard Hughes這樣講，意思很簡單：要三頁的篇幅來解釋長達三百多頁的*The Sound and the Fury*是不可能的。現在，請大家發問吧。

[1] 劉先生所指的是由黃繼持、盧瑋鑾、鄭樹森主編的《香港文學大事年表》，香港：香港中文大學 人文學科研究所，1996年。

[2]《銀燈》是香港六、七十年代的娛樂小報，重點在刊登娛樂新聞，副刊則有流行小說。

[3] 用私家車牌，卻不合法地接載客人以謀利的車子，港人叫「白牌車」。

改編《對倒》

洋：劉先生，我們知道您的作品《對倒》曾被改編成電視劇[4]，而且在拍攝的過程中更作了一個時代的換置，把小說的背景由原來的七十年代改為八十年代，使電視劇充滿強烈的時代感，帶出社會上不同的問題，以及香港人面對九七回歸那種何去何從的心態。請問這個電視劇能否代表您對八十年代香港社會的觀感呢？

劉：電視與小説是兩種不同的藝術表現形式，所以，同一個主題以不同的藝術方式去表達，便會產生不同的效果。

關於電視，當時該劇的導演問我可否讓他們改編《對倒》，我説當然可以，對於我，這是值得高興的事。但她説改編《對倒》有一個問題：我寫的是七十年代的旺角，她找我的時候已是八十年代，在八十年代拍攝七十年代的景物，會有困難。關於這種困難，我是瞭解的。隨便舉個例子，小説裡有一個賣馬票的，就像北京賣冰糖葫蘆的那樣拿著木架子，上邊夾着一張一張馬票。到了現在仍然有讀者問我：「劉先生，你寫的賣馬票是怎樣的？」當時馬票賣兩元一張，他卻賣兩元一角。這種賣糖葫蘆式的賣馬票，八十年代已沒有。所以八十年代拍七十年代的背景，麻煩很多。

很多人覺得王家衛的《花樣年華》拍得不錯，事實上他確是很認真，他連電影裡的那個電話也是六十年代的。他那時曾跑來《香港文學》(按：指《香港文學》雜誌社) 找我，電影裡面的那個主角其實是寫我，他問我：「劉先生，你當時是用甚麼寫作的？」於是我給他看我的原子筆，告訴他我就是用這種筆寫作的。他又問：「稿紙呢？」當時我有一些上面印著「劉以鬯」的原稿紙。可見如此細微的地方他也注意到。

所以，如果在八十年代要拍七十年代的旺角，單是背景，就有許多困難需要克服。所以當《對倒》的導演問我可否把背景改為八十年代，我說可以。作為原作者，如果有人改編我的作品，我是絕對不會加以限制的，甚至有其他詮釋也可以。

鍾：請問，在您的作品 (按：指《對倒》) 裡，您用了一個老人家和一個女孩作主角，為甚麼會有這樣的安排呢？

劉：首先，讀者應該知道我這個作品的idea是怎樣得來的。我喜歡集郵。那時候，有些郵票在香港不易買到，有時候，就得寄信到外國參加拍賣。一次，倫敦一家最大的郵票公司拍賣郵票時，有一枚

「慈壽票九分銀直雙連對倒舊票」，估價四十英鎊。我立即寫信去競投[5]，居然投得了。當時我很滿意這對郵票，用放大鏡欣賞很久，看著看著，產生了用「對倒」方式寫小說的念頭，我用對倒的方式表達一老一少的生活，老的常常回憶過去；少女常常憧憬未來。這就是我寫這本小說的idea。

[4] 1987年，香港電台電視部戲劇組的「小說家族」，把劉以鬯的小說《對倒》改編成電視劇，由張少馨導演。

[5] 1972年，劉以鬯於倫敦吉本斯公司舉行的郵票拍賣中，投得「慈壽九分銀對倒舊票」。詳參劉以鬯：《對倒》〈序〉，香港：獲益出版事業有限公司，2000年12月，頁21。

從報紙連載到《花樣年華》

萍：劉先生，想多問您一道問題，剛才您說您一天寫一萬多字，我們大家都很吃驚。我想是否因為《對倒》原來是在報紙上刊載的關係，所以裡面會出現一些不小心的瑕疵，與您本身的構思有所出入？比如您剛才說主角之一亞杏是常常活在憧憬裡的，可我們在書裡如第十節也找到一些亞杏的回憶片段，但「回憶」其實應該是淳于白的專利。

劉：這個問題不大，我們不應該說那男的一定只能回憶，他喜歡買賣黃金、股票，我們不能否定他也有幻想一天「大有斬獲」的可能。不過，每天寫萬字連載小說，難免在小說中出現瑕疵。為了使各位能夠瞭解這種情況，我願意趁此舉一個實例：我寫過一本叫《圍牆》[6]的書，最早在《星島晚報》刊登，當時的題目叫《側坐者》。我小時候，有錢人除了髮妻之外，一般還有兩、三個姨太太。《圍牆》寫的是我們鄉下一個有錢人。那時候的姨太太，吃飯不能正面坐，一定要側著身子坐，因為她不是髮妻。因此，我把《側坐者》作為題目。後來出版商對我說：「劉先生，我們是做生意的，這個題目沒有人會懂，印出來可能沒有人買。」他要我改題目。但我認為題目是要配合內容的，那時我們鄉下有錢人家的牆壁很高，高牆裡包圍著一個天井，裡面有很多水桶，又有晾衣服的，外面看不到裡面，那是另一個天地。於是我把書名改作《圍牆》，我的意思是：一個女孩嫁入有錢人家之後便成奴隸，牆外的人不知道裡面的事，牆內的人也不知道外面的事。

我覺得以此作為報紙連載小說的題材，相當有趣。那時我每天寫一千字，寫完便送去報館，第二天拿起《側坐者》，上面一句是之前寫的，第二天就憑這一句繼續寫下去。所以絕對會有錯誤。我一天要寫十來個連載小說，故事和人物常在我腦袋裡轉來轉去，我曾經錯誤地把這個小說的人物寫到另一個小說裡去，但也沒有人知道。後來我忘記了《側坐者》是寫到第7還是第8段。如果今次寫8，可能上次已經寫到第8段了；如果寫9，上一次可能是7，怎麼辦？問題是：我寫十來個連載小說，抽不出時間考慮，否則稿子便來不及寫。沒有辦法，小說前幾段用的是1234567，寫到這裡，只好改用大黑點分段。

後來有一家出版社想出這本書，並將題目改作《圍牆》。出版前，要把大黑點改掉很容易，然而我連這一點時間也抽不出。結果，這本書前部分是123456，後部分則是一個又一個大黑點。這件事我從來沒有跟別人說過，今天你們問我寫作上的困難，我才說出這種情況。

盧：這裡可以補充一下，黃楚恩，你跟劉先生說一下你整理的報紙材料。她將整部小說 (按：指《酒徒》) 跟報紙上刊的校對了一次。

劉：有甚麼不對的？

盧：不是不對，有些問題她問我，我不懂回答，現在請您解決。

劉：《對倒》如有錯字，再版時可以改正。現在，《對倒》的影響愈來愈大，使我得到很大的鼓勵。1972年，《對倒》在《星島晚報》發表後，因為是一部沒有故事的小說，大部分人都不注意。過了三十年，情況有了很大的改變，不但被譯成英、日、法文；而且使名導演王家衛從中獲得創作靈感攝製《花樣年華》。

我今天帶來那部談《花樣年華》跟《對倒》關係的書，是王家衛編的。這本書也叫《對倒》，書前有一篇〈序〉是寫給我的。《花樣年華》公映時，王家衛請我去看。看的時候，我覺得跟《對倒》有些相似，但我書中的一男一女是沒有關係的，電影裡卻是有關係的。看完電影後，銀幕忽然出現很大的字：鳴謝劉以鬯先生。我跟太太說不用這樣嘛，裡面只用了我三段文字。但我太太卻說電影跟我的《對倒》蠻像的，例如結構呀甚麼的。

[6] 小說《圍牆》，最初以《側坐者》為題，由1962年4月6日開始在《星島晚報》連載，至1962年10月17日完結，後改名《圍牆》，於1964年4月由海濱圖書公司出版。

從長篇到短篇

鄧：劉先生，有關《對倒》從長篇到短篇的剪裁，您在《對倒》的序裡也曾提到，因為藝術性與節奏緊密的原因而作出了刪剪。小說裡一些我們認為挺重要的人物，您在短篇裡卻把他刪去，例如淳于白與朋友老李討論金融問題，而他在長篇裡有十餘節是跟淳于白在酒樓裡吃鮑參翅肚。

劉：哦，他們在旺角遇見後便一起吃飯去。

鄧：嗯，那本來佔了很多篇幅，但在短篇中您就把他刪去。反而有一對父子，那個小朋友不斷要父親買雪糕的……

劉：那個吃ice-cream（雪糕）的?

鄧：是的，這個你則保留在短篇。我想問您的剪裁原則是怎樣的，為甚麼會有這樣的安排？

劉：這個問題，我又有很多東西可以回答。我寫小說首先對自己有一個要求，就是要「求新、求異」。我不喜歡跟在別人背後走，但寫具有獨創性的小說，並不容易。全世界的小說浩如煙海，有些你可能沒看過，你寫了一些東西以為很新，其實人家早已寫過。我曾有過一些類似的經驗，但這並不重要。這像學校裡做的化學實驗、物理實驗，你可能一百次、一千次，甚至一輩子都失敗，但不要緊，你已經做了自己的工作。而且，要是有一次你成功發明了治癌症的藥，你便獲得諾貝爾獎。這麼多年來，我寫娛樂自己的小說時就是這樣——求新、求異，這是第一點。

第二，以新的手法來寫小說，有時可能會取得相反的效果。《對倒》較新的地方是：兩個主角之間沒有關係。我以為這點「新」是成功了，可是，小說卻失去了應具的趣味性；沒有趣味性，很難吸引讀者追看下去。

《對倒》發表後四年，也斯與朋友辦了一本雜誌叫《四季》，他對我說：「劉先生，請你替我們寫一篇小說」。那時候我很忙，想到不如就拿《對倒》改成短篇，把一些枝節刪去，比如妳剛才說的飲茶那部分，但那對吃雪糕的父子卻不能刪去，因為這是另一種寫作技巧。《對倒》除了運用對比的手法外，還有就是同一個背景，兩個主角在不同的時間或是在差不多的時間經過，比如老的從彌敦道走到西洋菜街，年輕的也從西洋菜街走過。二人經過的背景有些是一樣的。此外，小說必須注意敘事結構，像是一間房子的構造，在這我下了不少工夫的。例如那個男的在咖啡屋裡看見那對吃雪糕的父子，後來女的也看見這對父子，大概這樣吧，我也不太記得清楚，這就是在不同環境所經歷的同一背景，所以這一點是不能刪的。

具邏輯的意識流小說

林：劉以鬯先生，您在《酒徒》裡運用許多新的寫作技巧，例如把詩和小説結合，即使小説的「意識流」技巧，您也是用自己的方法去表達……

劉：你説得很對。

林：我正想問您是如何用自己的方法（按：指意識流技巧）去寫這一本小説。

劉：「意識流」英文叫stream of consciousness，是technique（技巧），不是流派。「意識流」所表現的主要是人類腦袋裡的illogical idea（非邏輯意念），人們的思維像流水一樣，illogical是非邏輯，好像James Joyce、William Faulkner，還有Gertrude Stein，他們寫的意識流小説都是illogical的，但我在《酒徒》裡所用的technique是logical的。我覺得一個小説作家，作品總要有自己的表達方法。而且我想到的不一定是illogical的，有時候我覺得自己在思考問題時，是很有分寸和條理的。《酒徒》裡有三個女人、一個阿婆，雷老太把酒徒當作自己的兒子，是一部有故事的小説。但外國的意識流小説是沒有故事的，比如William Faulkner的一部小説寫一個患有精神病的人，他用精神病人的思想寫了很重要的part（部分），可是我真的不知道他要說些甚麼，就算讀了別人介紹他小說的書，我還是不明白。

我試圖將現代主義跟現實主義結合來寫小說，《對倒》也是將兩種主義結合起來的，這是我小說寫作的方向，也是我給你的答覆。

「我」和「你」其實都是作者自己

鄧：劉先生，我有一個疑問，盧老師在「香港文學專題」課上提過，作為讀者的我們看《酒徒》時，一直認為主角「酒徒」名叫「老劉」，但事實上小說中的「我」，究竟是不是真的叫「老劉」？舉一個例子，我忘了頁數，有一段寫到，當敘事者說⋯⋯

林：是電車那個部分。

劉：讓我看看。我可能忘記了。

鄧：對，是電車那個部分。該段曾有人稱呼其中一人為「老劉」，所以我很想知道主角是否「老劉」？

劉：最近我見過王家衛，他說想把《酒徒》拍成電影，但已有人取得這個小說的版權，於是王家衛決定另寫一個與《酒徒》相似的故事。他對我說：「《酒徒》中的『我』也是你；《對倒》裡的淳于白，大半也是你。」事實上，我們寫小說的，就算不用「我」，裡面大部分都是「你」，因為人物的一切都是作者的感覺，是你把自己借給小說的人物。我寫了這麼多的小說，基本上每一本都有「我」。因此，你們問我《酒徒》中有關老劉的事，我已經記不起了。小說裡的人物雖然不完全是「我」，但又有很多「我」，譬如酒徒要辦一本文學雜誌，寫這部小說時，我根本沒有能力在香港辦文學雜誌，然而當時我已有這個念頭。直至八十年代，有人願意資助我辦雜誌，與小說所寫的已經相差二十多年了。可見小說中的這個「我」，對任何作者來說，即使不用「我」，而用「你」，其實也是作者自己。

兩個理想：辦出版社，辦文學雜誌。

盧：這是鄧依韻同學，她畢業論文是研究首五年共六十期的《香港文學》，她將會把所有資料送給你。

劉：好的，我很需要它，有時想翻查一些資料，手邊卻沒有 (按：《香港文學》) 。非常感謝你！

鄧：不用客氣！我做得比較粗疏，當中有很多不足之處，希望劉先生您能指正。

劉：不要這麼說。這本雜誌是我理想的實現。我從小便有兩個理想，另一個是辦出版社，因為我自幼便喜歡看書，看的也是文學書籍，有時老師講課我也不聽。

1936年我讀高中二年級，那時的我已經走著與新感覺派不同的路，另一方面當時寫農村小說的人很多，我卻沒有能力寫，因為我自幼在都市長大，完全沒有條件學別人寫農村小說，唯有走自己的路。那時我有一個願望：辦出版社。抗戰勝利後我回到上海，我爸爸在抗戰期間的上海逝世。媽媽把爸爸剩下的錢分給我和哥哥，我拿到錢，便辦了一家出版社[7]。

我第二個願望，便是辦文學雜誌。那時我在上海辦出版社，戲劇家徐昌霖介紹一位作家跟我見面，我問他是誰，他說是姚雪垠。抗戰期間，姚雪垠在《文藝陣地》發表短篇小說〈差半車麥稭〉[8]，我認為這是當時最好的一篇小說。抗戰期間能夠在中國引起轟動的兩個短篇小說，一篇是姚雪垠的〈差半車麥稭〉；另一篇是張天翼的……我忘了叫作甚麼先生[9]。我不太喜歡這篇，它不像一篇小說，而是一個sketch（速寫），我認為他寫得不太好。相反，姚的那篇我卻非常喜歡，所以當徐昌霖要跟我介紹姚雪垠時，我便答應了。

那時的我，吃下午茶總會去上海最好的地方——廿四層高的「國際飯店」，這是當時最高的建築物。三樓是咖啡廳，放眼望去可以看到跑馬場。廳內每個人坐的都是大沙發，好像現在Pacific Café裡的。我在辦出版社時，每天下午都會跑去那裡喝咖啡。我就約了徐昌霖和姚雪垠在那裡見面。我問姚在寫些甚麼，他說正在寫一個長篇小說，題目是《長夜》，因為他是河南人，我不太聽得懂他的國語，所以把它聽作《創業》。小說寫的是二十年代河南的土匪生活，充滿鄉土氣息。我要他把這部小說給我們出版。

後來，我發現姚雪垠的經濟情況不太好，便邀請他住在我的出版社，他寫甚麼我便出版甚麼，結果總共替他出版了四本書。此外，我跟他說我想辦一本文學雜誌，邀請他參與編輯工作，那本雜誌本來打算專門刊登小說的，可是稿件收齊後，金元券大跌，一包煙早上賣五萬元，到了中午可能要七萬元，晚上更要九萬元。日子很難過，這本《小說雜誌》就出版不成了！

[7] 1946年，劉以鬯創辦的出版社正式成立，取名「懷正文化社」。

[8] 1938年5月，姚雪垠的短篇小說〈差半車麥稭〉，發表在香港茅盾主編的《文藝陣地》第1卷第3期。

[9] 所指應為〈華威先生〉，原載《文學》月刊，1935年9月1日，第5卷，第3期。

娛人娛己，商品與文學並存。

黃：劉先生，我有一個問題一直很想請問您，然而這不是我們預先準備要討論的。剛才您說到自己寫小說的原則是要「求新、求異」，而我在別的地方也曾聽您說過，您一直掙扎著要娛樂別人還要娛樂自己，並且時常猶豫在商業與文學的界限之間……

劉：兩者可以共存，沒有問題。

黃：是的，然而我發現像《酒徒》這樣一本較為嚴肅的文學作品，當中有三個女人，看來也帶有一些商業的元素。

劉：有的，這是習慣問題。因為我習慣了寫這些東西，而且我不是完全奉行形式主義，將其他都撇走。這是一個很好的問題。現在有人想把《酒徒》拍成電影，但他的idea與我有點不同。我想以拍「酒徒」一角為主，他卻想拍當中的四個女人。前天，王家衛對我說，他對《酒徒》裡的包租婆很感興趣，這確實有一點娛樂成份。我的意識流寫作是有故事性的。小說沒有情節當然是可以的，但是小說有情節亦無不可。在你的生活中，你每天所看的報紙，哪一段新聞不是情節？

「三十六與三十六不一樣」

陳：劉先生，我想問一個有關「意識流」的問題。剛才您説過您會運用一些有邏輯的手法去描寫人物的意識，但小説中有些地方，同學們怎樣也讀不明白，我想問，您是否有意這樣寫？譬如小説的第七頁，「三十六跟三十六不一樣」這一段[10]，我們很不明白。

劉：你提到的一段，是我寫酒徒在喝酒時觀望雨窗產生的幻覺和幻想；然後透過水晶簾看到一些幻象。「三十六跟三十六不一樣」就是酒徒在酒後的混亂思維，有點obscurity（朦朧），甚至違悖理性。至於選用三十六，因為三十六是比較熟悉的數目，為三十六行、三十六計、三十六官、三十六郡、三十六體、三十六個天罡星等。隔一行的「與8字共舞」，「8」字來自一種形態——一個女人的身體。讀者在閱讀的過程中，有時候需要加入自己的思想。

[10] 劉以鬯：《酒徒》，香港：金石圖書貿易有限公司，2000年，頁7。

〈吵架〉有「物」

劉：約一個月前，該期的《香港文學》有一個關於法國文學的專輯，由一男一女主持[11]。他們正在編一本法文版的《香港短篇小説選》，其中選了我的〈吵架〉[12]，於是他們來訪問我。有些讀者，以為我這篇小説是受新小説的影響，其實不是。新小説反對故事情節，認定物比人重要，但〈吵架〉有物，也有情節。那個法國人問我：「劉先生，你這篇小説最後有一個surprise ending（出人意表的結局）。」我説是的。我讓主角最後留下一張字條，目的是要讓讀者親自思考兩個主角是如何吵架的。這是其中一點。

第二點，那個法國作家問我：「劉先生，你寫這個『物』是有作用的嗎？」我説有的。今天讓我把自己寫過的inside-story，講給各位聽。那時他再問我小説中有關電話掉到地上等的情節。我回答他，香港是東西文化的交流點，生活在香港的人，家裡的擺設都是東西文化的結合：掛著中國臉譜的牆壁，前面放著一部電話；檯燈是鐵製的，家具卻可以是紅木。小説這樣安排，目的讓讀者親自思考文中被破壞的東西，從而幻想到這家人的經濟情況。第二，表現出文中婦人與丈夫的生活興趣。婦人喜歡臉譜，表示她也喜歡京戲，不是誰都喜歡將臉譜掛在牆上的；你喜歡紅木造成的椅具，也就是你喜歡中國的舊家具，並且不排除中國的舊東西，而非全新不可。如此安排，人物雖未出場，讀者也能看出人物的性格。

[11]《香港文學》2002年4月號，總208期，收有「中國文學在法國」研討會特輯。是次研討會於2001年12月13至19日，在法國巴黎召開，由法國國家科研中心的安妮．居里安和巴黎第七大學的向德蘭主持。

[12] 劉以鬯的短篇小説〈吵架〉寫於1969年9月3日，1980年8月23日修改後刊登在香港的《幸福家庭》。

《酒徒》不能戒酒

車：劉先生，我們把《酒徒》一書與連載在報紙上的小說互相校對時，發現刊登在報紙上的第十章是沒有分作A、B兩章的，但小說出版時就分為A、B，我們想不通您為何有這樣的安排。

劉：我也不知道，因為我已經忘記了。你拿給我看看。報紙是怎樣的？

車：小說在報紙連載時，A、B兩章之間您只用一個大黑點把它們分開。

劉：第十章寫躺在病床上的酒徒想念張麗麗；然後產生夢幻。A寫躺在病床上的酒徒；B寫酒徒的夢幻。

林：劉先生，《酒徒》的結局，主角最後仍然戒不了酒，這是您一早安排的要讓他戒酒失敗，還是在寫作的過程中，您覺得不斷的循環也是一個掙扎，所以在這裡把故事完結了，還是您有別的安排？故事的結局似乎很無奈。

劉：這個問題十分簡單，很多人都解讀過。人在不知不覺中仍要吃飯，酒徒對酒亦如是。他清楚知道自己不能喝酒，然而只要有錢，他不吃飯還可以，不喝酒則不能，這裡是故意描寫酒徒有如此的性格，並沒有甚麼特別的意義。一篇小說結束時，總需留給讀者思考的空間。酒徒要是肯戒酒，他在某方面會有些成就；反之，縱有才華，也會一事無成。

林：劉先生，您在小說裡所講的香港文壇情況，事實上與現在的情況有點相似。您對現在的香港文壇有甚麼看法，是比書中描述的有所進步、相似，還是更差呢？

劉：我告訴你們，當時的確有這些事情發生。當時的P會常派代表到外國去參加國際P會；常在國外出醜。不提別的，單是《熱風》第九十六期發表的〈你們居然又代表了中國的作家〉(春水作)[13]，就清清楚楚說出了當時的實際情況。《熱風》第九十七期（1957年9月16日出版）不但刊出王雪霞的諷刺詩〈金筆套〉[14]；還在〈熱風冷雨〉中坦率指出「所謂『中國代表』，是要用美國種的甜葡萄培養出來的。」[15]

此外，你們可能不相信，我的劇本被人偷去拍成電影，自己竟一毛錢也沒有收到。那是五十年代，我在新加坡，有一個大明星走來找我，他說新加坡有個地方叫土橋頭，那裡有一間三輪車行。他問我可否利用老舍的《駱駝祥子》來寫土橋頭，篇名叫作〈風雨土橋頭〉，理由是：新加坡有一個非常有名的劇本叫《風雨牛車水》。他認為〈風雨土橋頭〉跟《風雨牛車水》名稱上差不多，南洋觀眾較易接受。至於故事則根據老舍《駱駝祥子》改寫，角色也差不多。後來我給他寫了，當時在電影雜誌也有廣告刊登出來，我卻一毛錢稿費也沒有收到，新加坡的小報曾報道這件事情。此外，馬來亞的著名作家方北方的一篇小説在香港被人拍成電影後，也沒有拿到酬金，因此有人報章上寫：劉先生也被騙了。「劉、方二氏的作品被吃，可以説是異床同夢。」(請參閱方北方著《馬華文藝泛論》頁203)。事實上，我寫《酒徒》時，心裡實在有很多牢騷，但又不能隨便寫，只好借《酒徒》抒發。

[13] 春水：〈你們居然又代表了中國的作家〉，《熱風》，1957年9月1日，第96期，頁1。

[14] 王雪霞：〈金筆套〉，《熱風》，1957年9月16日，第97期，頁1。

[15] 諸家：〈熱風冷雨〉，《熱風》，1957年9月16日，第97期，頁2-3。

詩與小說

陳：劉先生，在您的作品《不是詩的詩》中⋯⋯

劉：這本書的印量少之又少。

陳：您在2001年，即上年6月寫過：「我用酒澆注文字　酒可助文字成詩　詩可助小説重獲活力」[16]，我想問這三句是否在您想起《酒徒》一書時所寫，或是你對內容和形式結合的一個總結，還是有別的呢？

劉：意思是這樣的。我並不喝酒，但多少都嚐過一、兩口。有時朋友敬酒，我也會喝一點。我發現喝了一小口酒後的感覺，似是被火燒似的。我覺得酒具有一種刺激作用。

陳：另外，我們知道劉先生您是十分主張以詩入小説，我想請問《酒徒》一書，您有否刻意運用詩歌的技巧？

劉：我最初是學習寫詩的，後來我不再寫詩了，但對詩的興趣仍然十分濃厚。為何我小時侯先學習寫詩呢？理由很簡單，因為詩容易完成。過了一個時期，雖然發覺詩是最難寫的文學作品；但對詩仍感到興趣。一直在寫《不是詩的詩》，原因是：我寫的詩不是詩，但我也是寫詩的。我在《酒徒》中，寫過不少詩句。

談到這裡，我想趁此談談《寺內》[17]。對我而言，寫《寺內》是非常非常辛苦的。為甚麼？全世界的詩體小說如普希金的、拜倫的，都是用詩來寫故事，即故事詩。我不想跟隨他們，改用小說的形式來寫詩。

鄧：劉先生，您對詩的喜好會否也體現於你所編輯的《香港文學》中？在我的論文裡，有一個小章節提到，您對於詩的專頁非常重視。例如以漂亮的粉紙印刷，以及找專人如水禾田以畫配詩。

劉：我一直認為詩是文學中最重要的文類。最近我也提過，文學要繼續生存，唯一的希望在於詩。如果不寫詩，文學早晚被淘汰，所謂「淘汰」是指純文學的淘汰。所以，我在編輯《香港文學》時特別重視詩頁。

[16] 劉以鬯：《不是詩的詩》，香港：獲益出版事業有限公司，2001年9月，頁9。

[17] 1964年1月23日，劉以鬯中篇小說《寺內》開始在《星島晚報》連載，至1964年3月2日完結。而中篇小說集《寺內》則在1977年1月，由台灣幼獅文化公司出版。

《端木蕻良論》中的文學意見

熊：我想請問劉先生，我們認識的劉先生是一位作家或是一位編輯。劉先生寫評論的文章似乎比較少，特別是文學的評論。但其實您曾在七十年代寫過一系列的文章來評論端木蕻良的作品，後來也出版了一本薄薄的書叫《端木蕻良論》[18]，在《端木蕻良論》的後記中，劉先生您甚至用自己在《酒徒》中對端木作品的評論來表示自己的文學立場？

劉：有的。《酒徒》中提到的事情，有些寫新文學史的人也不知道。《酒徒》在1963年出版，當中介紹的幾個作家，當時在大陸是不被接受的。也斯認為《酒徒》最重要的是我對新文學看法的部分。小說中提到端木蕻良、穆時英、臺靜農、沈從文和張愛玲等。當時中國大陸所出的文學作品，多數是novel with a purpose（主題行先的小說），即你先有主題然後才寫。當時大陸的文藝批評只重視政治標準，不重視美感標準。我寫《酒徒》時，拗執地說出一些與眾不同的看法。

熊：《酒徒》以外，從《端木蕻良論》也可以發現劉先生對文學的意見，而看《酒徒》則更可以印證你的這些看法。然而，不知道劉先生現在對文學的要求或者看法，會否另有意見呢？

劉：所有的作家，他在一個時期的想法是不可能延續的。讀中學時，我十分愛看文學作品。當時我很喜歡東北作家的小説，為甚麼？理由有二：一，我喜歡讀端木蕻良和蕭紅的作品；二，年輕時的我曾參加過遊行，當時東北作家的抗戰意識非常濃厚，所以只有他們的小説可以滿足我的要求。到了1974年，美國有人舉辦中國文學座談會，當時有一個人……我忘了他的名字，我書裡有提及到的。

熊：是否董保中？

劉：是的。董保中在雜誌發表的〈記一次現代中國文學座談會〉中説：「……對我們這三四十個參加現代中國文學會議的來説，竟然沒有一個人看過端木的作品……」[19]，我讀過這篇報道後，斷斷續續寫了六萬多字關於端木蕻良的稿子。不但如此，我還到灣仔華東商業大廈訪問周鯨文。之後，我將這些稿子結合成《端木蕻良論》，交世界出版社出版。此書出版後，端木蕻良寫了信託朋友轉交給我，説想看看我寫的《端木蕻良論》，因為從來都沒有人寫一本關於他的書。當時我很想把書寄給他，但又不能，我只好把書撕開，五頁、四頁為一封信，隔幾天又寄一封給他。結果他看了這本他人生中第一本別人討論他的作品的書，很感激我。我很少去北京，有一年我帶領一個香港作家代表團訪問北京。吃飯的時候，小説家陳建功走過來跟我説：飯後帶我去探端木蕻良。這樣，我再一次與端木蕻良見面。後來我與他常常通信，這些信都是討論他的作品的，有很厚的一疊。

盧：我們十分感謝劉以鬯先生，給我們這樣好的機會，可以直接問很多問題，真是獲益良多。

[18] 劉以鬯：《端木蕻良論》，香港：世界出版社，1977年10月。

[19] 董保中：〈記一次現代中國文學座談會〉，《中華月報》，1975年7月，第718期，頁40-43。

從文化研究的角度剖析文學作品可說是近年文學研究的「大勢」，「香港文學專題：文學與影像比讀」請來了演員（張國榮先生）、導演（許鞍華小姐）和作者（伍淑賢小姐、劉以鬯先生）「現身說法」，對所有曾參與課程的同學來說都是十分難忘的經驗。若演講和訪問過後就此了無痕跡，那未免可惜，現在把四篇講稿和訪問稿整理出版，不只是為課程留存紀錄，同時也是為香港文學研究保留第一手的研究資料。

既是紀錄，又是資料，我們都希望盡量做到準確無誤。收錄書中的講稿和訪問稿都先由同學根據錄音或錄影整理出初稿，再由盧瑋鑾老師和我審訂，最後請講者和受訪者改訂及授權發表。只有張國榮先生的一篇例外。當日的講座應張先生要求，不作錄音及錄影，因此紀錄乃綜合同學的筆記而成。紀錄初稿整理出來後，因張先生已不在人間，紀錄由張先生的親屬授權發表。此書順利出版，在此得特別向慷慨授權發表的張國榮先生的親屬、許鞍華小姐、伍淑賢小姐及劉以鬯先生致謝。

值得一提的是，「香港文學專題：文學與影像比讀」是盧瑋鑾老師2002年從香港中文大學中文系退休前最後講授的課程，此書在保存課堂紀錄和研究資料之外，更添此一重紀念意義，尤其值得感念。

熊志琴

2007．02．01

「附錄」

「香港文學專題：文學與影像比讀」精讀作品目錄

1. 張愛玲：〈傾城之戀〉，《回顧展I——張愛玲短篇小說集之一》，台北：皇冠文學出版（香港）有限公司，1991年。（初版）
2. 劉以鬯：《酒徒》，香港：金石圖書貿易有限公司，1993年。（新版）
3. 劉以鬯：〈對倒〉（短篇及長篇），《對倒》，香港：獲益出版事業有限公司，2000年。（初版）
4. 蓬草：〈翅膀〉，《北飛的人》，香港：三聯書店（香港）有限公司，1987年。（初版）
5. 伍淑賢：〈父親〉（之三），《素葉文學》，香港：素葉出版社，1993年4月，第44期，頁14-16。（初版）
6. 李碧華：〈霸王別姬〉，《霸王別姬》，香港：天地圖書有限公司，1985年；（初版）李碧華：〈霸王別姬〉，《霸王別姬》，香港：天地圖書有限公司，1992年。（新版）
7. 李碧華：《胭脂扣》，香港：天地圖書有限公司，1985年。（初版）
8. 馬朗：〈北角之夜〉，《焚琴的浪子》，香港：素葉出版社，1982年。（初版）
9. 羈魂：〈模糊街〉，《折戟》，香港：香港詩風社，1978年（?）。（初版）
10. 梁秉鈞：〈老殖民地建築物〉，《形象香港》（*City at the End of Time*），香港：Twilight Books Company in association with Department of Comparative Literature University of Hong Kong Cultural Studies Series No.3，1992年。（初版）
11. 何福仁：〈在一塊舒服的木頭上午餐〉，《如果落向牛頓腦袋的不是蘋果》，香港：素葉出版社，1995年。（初版）
12. 小思：〈瘋子〉，《在路上談》，香港：山邊社，1982年。（新版）

責任編輯　胡卿旋
書籍設計　嚴惠珊
目錄圖片　梁榮　攝

書名　文學與影像比讀
策劃　香港中文大學人文學科研究所香港文化研究中心及
中文系香港文學研究中心
主編　盧瑋鑾、熊志琴
出版　三聯書店（香港）有限公司
香港鰂魚涌英皇道1065號1304室
Joint Publishing (Hong Kong) Co., Ltd.
Rm. 1304, 1065 King's Road, Quarry Bay, Hong Kong
香港發行　香港聯合書刊物流有限公司
香港新界大埔汀麗路36號3字樓
印刷　陽光印刷製本廠
香港柴灣安業街3號6字樓
版次　2007年2月香港第一版第一次印刷
2008年1月香港第一版第二次印刷
規格　特16開（145mm × 188mm）160面
國際書號　ISBN 978.962.04.2515.8

本書之出版蒙劉尚儉先生資助、香港中文大學文學院支持及春光映畫有限公司提供封面圖片，特此鳴謝。